KB202425

무엇과도 바꿀 수 없는
귀한 당신이어서 좋다.

To. _____

From. _____

김다슬 에세이

나는
무조건

너의
편이다

CLOU DIA

프롤로그

평생 귀하게 대해야 하는 내 편

1. 대화하면 마음이 편해지는 사람
2. 나에게만 보이는 모습이 있는 사람
3. 힘들 때 도와준 사람
4. 귀 기울여 들어주는 사람
5. 생일, 기념일을 챙겨 주는 사람
6. 본인이 준 것은 생색내지 않고,
   받은 것은 고마워하는 사람
7. 자꾸 맛있는 걸 사 주는 사람
8. 읽다가 떠오른 그 사람

어쩌다 우연히 만나,
어쩌다 인연을 쌓고,
이제는 없어선 안 될 존재가 되었다.

평생이란 우주에 태어나
죽을 때까지 겪는 모든 순간이다.

그 모든 순간을 함께하고 싶다는 믿음이
가슴에 스밀 만큼 귀해진 내 사람아.
여리디 여린 내 속을 까만 밤하늘에
은은한 별빛이 드리우듯 지켜 주어 고맙고,
그저 존재만으로 깊은 의미가 되는
사람이 너여서 기쁘다.

자신감이 부족한 나지만,
하나는 자신 있게 말할 수 있다.
너랑 살다 가는 인생은
퍽 근사한 여정이라고.

늘 내 사람에게 고마움을 전하고 싶지만,
바쁘다는 핑계로 번번이 놓치며 살게 된다.
이 책을 그처럼 귀한 이에게 다정히 건네길.
이 작은 책으로 서로를 생각하며
보다 깊어지는 시간이 되기를 소망한다.

김다슬

차례

♫

1부 — 요즘 당신에게 필요한 말

2부 — 괴롭고 힘들 때 하면 안 되는 짓

✈

3부 — 노력으로 별이 되는 사람

♫

1부
———

요즘 당신에게
필요한 말

그만 만날지 계속 만날지 ——
구별하는 기준선

♫

맵고, 짜고, 단 음식은 대부분 건강에 나쁘다.
알면서도 어느 날은 그런 음식이 당기고, 빨리 먹
고 싶어서 배달 시간마저 길게 느껴진다. 그만큼
먹기 전에 그 자극적인 맛을 기대한다는 뜻이다.

하지만 먹고 나면 어김없이 부작용이 있다. 속
이 더부룩하거나, 다음 날 컨디션이 안 좋거나, 피
부에 여드름 같은 것이 난다. 나의 건강과 삶에 안
좋은 음식이라는 증거다.

반면 자극적이진 않지만, 정성이 가득 담긴 집
밥 같은 음식은 먹은 후에도 속이 편안하다. 이런
음식을 먹으면 다음 날 컨디션이 좋고, 피부에도
이상이 없다.

사람의 관계도 이와 같다. 상대와 만나기 전에 설레고, 만나면 자극적이고 즐겁더라도, 만남 후에 찝찝함, 서운함, 허무함, 공허함, 불쾌함 등의 부정적인 기분이 든다면 그 관계는 나에게 안 좋은 관계라는 의미다.

진정으로 좋은 관계는 만남 후에 여운이 서린다. 기분이 좋고, 마음이 편안하고, 헤어짐이 아쉽고, 다음에 또 보고 싶다.

끝의 느낌이 어땠는지가 관계의 기준선이 된다. 관계도, 인생도 좋은 것은 늘 시작보다 끝이 아름답다.

성격이 둥글고 인성 좋은 사람이 무서운 이유

♫

성격이 모난 사람은 감정을 바로 드러내지만, 성격이 둥근 사람은 기분이 나빠도 일단 참는다. 좋은 게 좋은 거라는 생각으로 갈등을 일으키는 것을 피한다.

성격 자체가 싸우는 것을 싫어하고, 무의미한 감정 소비와 시간 낭비라는 점을 잘 이해하고 있기 때문이다. 애초에 그런 상황을 만들지 않기 때문에 평소에도 시끄러운 일을 잘 만들지 않는다.

그런데 이처럼 성격이 둥근 점을 만만하게 보고 무례하게 구는 사람들이 있다. 갖가지 간섭을 하거나, 상처가 될 수 있는 말을 아무렇지 않게 하거나, 자기들끼리 함부로 떠드는 경우 말이다.

선 넘는 말을 잠자코 듣고 있는 것은 어리숙해서 그런 게 아니라, 관찰하고 있어서다. 가만히 지켜보다가 어느 한계선을 넘어 버리면 조용히 인연을 정리한다.

무례한 상대방은 자신이 손절당했다는 사실을 인지조차 할 수 없도록. 그렇게 한 번 정리한 이는 두 번 다시 다가오지 못하도록 멀리한다. 그 사람 없이도 잘 살기 때문이다.

둥근 사람이 이토록 칼 같고 무섭다.
그러니 평소에 새겨 두고 조심해야 한다.

소중할수록
지켜야 할 예의

♫

1. 먼저 연락 잘하기
2. 선 넘지 않기
3. 다정하게 표현하기
4. 욕설, 쌍욕 쓰지 않기
5. 홧김에 상처 주는 말 하지 않기
6. 각자의 시간, 공간, 프라이버시 존중하기
7. 남한테 흉보지 않기
8. 싫어하는 짓 피하기
9. 중간 과정을 생략하지 않기
10. 무엇이든 당연하게 생각하지 않기
11. 같은 실수를 반복하지 않기
12. 상대에 관한 칭찬, 자랑 외에
    어떤 이야기도 타인에게 누설하지 않기

소중한 관계일수록 생략하는 것이 많아진다. 가깝고 익숙한 사이라서 웬만한 일은 상대방이 이해해 줄 것이라고 여기기 때문이다. 직장에서는 일의 과정을 상세히 보고하고, 동료와 상사 모두에게 예의를 지킨다. 그래야만 개념 없는 사람이 안 되니까.

그러면서 정작 소중한 사람인 가족, 연인, 절친한 친구에게는 대충 넘기거나, 제대로 된 대우를 건너뛰는 것이다. 이는 예의가 아니다.

익숙하고 편하다고 안일하게 취급하면 안 된다. 진정 소중한 상대라면 편함만 누리려 하지 말고, 더 귀하게 대해야 마땅하다.

어떤 사람인지 알 수 있는
8가지 기준

♫

1. 자신이 뱉은 말을 지키는지
2. 어떤 친구를 만나는지
3. 어디에 하루를 쓰는지
4. 무슨 말을 입에 담는지
5. 타인에게 예의를 지키는지
6. 가족을 어떻게 대하는지
7. 동물을 어떻게 대하는지
8. 무엇을 귀찮아하는지

　본성을 감추고 남에게 잘 보이기 위해서 연기하는 사람이 있다. 살다 보면 그런 사람이 접근하거나 엮이기도 한다.

그러나 음식물 쓰레기는 아무리 밀봉해도 그 냄새를 완벽하게 막을 수 없듯이 평소 그 사람의 말과 행동에서 냄새가 나게 된다.

고약한 사람은 악취를 풍기고, 다정한 사람은 향기를 품는다. 사람을 볼 때 조급하게 판단하거나, 섣불리 믿으면 곤란하다. 함부로 정을 붙이니 상처 입기 쉬운 것이다.

천천히 그리고 차분히 평소 그의 언행을 지켜보면 어떤 사람인지 드러난다. 그때 가서 그 사람과 사이가 깊어져도 전혀 늦지 않다.

말없이 돌아서는
사람의 심리

♫

말없이 돌아서기로 했다. 이제는 실망하기도 지쳐서 이해하고 싶은 마음조차 들지 않는다. 더 이상 속에 받아 줄 빈 공간이 없다. 답답해서 생긴 할 말이 목구멍까지 차오를 만큼 포화 지경에 이르렀다.

어디까지 맞춰야 하나. 더는 그 사람과 얽히기 싫은 게 솔직한 심정이다. 아무런 변화가 없을 것을 너무나도 잘 알기 때문이다. 참는 것도 한계가 있는 법이다.

신호는 무수히 보냈다. 많은 대화를 나눴고, 기대도 했다. 바뀌는 게 없길래 눈치를 줘 봤고, 아닌 건 아니라고 말해 봤고, 기회도 정말 많았고, 오랜 시간을 기다려도 봤다. 그러나 끝내 변하는 건 없었고, 또다시 참고 희생해야 했다.

그럼에도 끝까지 참은 것은 그간의 정 때문이다. 깊게 정이 들었으니, 쉽게 끊어 내지 못했다. 이제는 되레 그 정 때문에 쌀쌀하게 잘라 내고, 모든 걸 정리한다.

다시는 흔들리기 싫으니까. 지금 또 정에 흔들리면 다시금 하루하루가 망가질 것을 아니까. 그러니 그와 관련된 모든 것을 남김없이 쓰레기통에 버린다.

정이 많은 사람이 오히려 더 독한 이유다. 곁에 이런 사람이 있다면 있을 때 잘해야 한다. 아직 기회가 있을 때 잘못은 인정하고, 고치고, 같은 실수를 반복하지 말아야 한다.

인간관계에서 갑이 되는
3가지 방법

♬

1. 의미 부여하지 않는다.

관계에 의미를 부여하면 휘둘릴 일이 많아진다. 그만큼 중요한 관계라는 생각을 가져서 상대에게 맞추려는 태도가 생긴다. 이를 적당히 하면 상대를 위하는 것이고, 배려하는 것이지만, 이게 지나치면 관계에서 '을'의 역할을 자처하게 되는 것이다. 상대방의 말 한마디에 따라 기분이 좌지우지되고, 눈치를 살피게 되는 등 막강한 영향력 아래 놓인다. 의미를 부여한 부작용이다.

2. 기대하지 않는다.

부모, 자식, 연인, 친구, 동료로서 그 역할을 기대하게 되면 서운할 일이 더욱 많아진다. 부모는 부모다워야지, 자식은 따라야지, 친구면 친구답게 이래야지, 연인이면 나부터 챙겨야지 등등 이처럼 이상적 모습을 은근히 기대하게 되는데 이에 어긋나면 즉시 서운해진다. 이 서운함은 상대를 향한 원망으로 손쉽게 바뀐다.

3. 할 일에 집중한다.

집중해서 하는 일이 없다면 잉여 시간 동안 상대에게 집착하기 쉬운 환경이 된다. 자기 일을 열심히 하고, 취미를 가져야 관계에 집착하지 않을 수 있다.

가장 건강한 관계는 보온병처럼 은은한 온기로 오래가는 관계다. 나와 상대 사이에 적당한 거리를 유지하는 것이 모든 관계에서 갑이 될 수 있는 유일한 비결이다.

안 맞는 사람과 살면 —————
안 되는 이유

♫

틀린 것이 아니라 다른 것이라지만, 결이 다른 사람과 함께 지내는 것은 분명히 한계가 있다. 이해가 안 되는 문제는 가슴속에 답답함이 되고, 답답함이 쌓이면 화가 되고, 화가 응어리지면 병이 난다.

상대와 결이 맞지 않으면 이해가 가지 않는 일이 매우 많아진다. 자주 화날 수밖에 없는 구조다. 다름을 인정하고 사는 것이 한계가 뚜렷한 이유다.

담담하게 다름을 인정하고 살아가면 된다는 말은 틀린 말은 아니지만, 이상론에 가까우므로 가까운 사이가 아니라, 어느 정도 거리가 있는 관계에 적용되는 말이다.

결이 맞지 않는 사람과 매일매일 부딪히다 보면 그곳이 집이든 직장이든 곧 지옥으로 변한다. 자주 서운하고 원망하게 되면서 좋았던 성격도 예민해지고, 자꾸 언성을 높이고 싸우면서 괜찮았던 인성도 나빠진다.

그러니 거리를 두어야 한다. 가족이라면 독립해야 하고, 지인이라면 만나는 횟수를 줄이고, 동료라면 사적인 대화를 완전히 끊어야 한다.

거리를 두는 일이 쉽지 않아도 어떻게든 해야만 하는 이유는 하루하루를 지옥에서 사는 것보다는 훨씬 낫기 때문이다.

지능이 높은 사람과
낮은 사람의 차이점

♪

사회적 지능이 높은 사람은 남에 관한 칭찬을 잘한다. 사회적 지능이 낮은 사람은 남에 대한 험담을 잘한다. 사회적 지능이 낮으니, 지금의 험담이 미래에 어떤 불이익으로 돌아올지 헤아리지 못하기 때문이다.

정서 지능이 높은 사람은 섬세하고 공감 능력이 크다. 정서 지능이 낮은 사람은 남의 감정에 공감하지 못하고 자기 감정도 이해하지 못한다.

일반적으로 지능이 낮을수록 불평불만이 많고, 충동적이고, 감정적으로 행동한다. 지능이 높을수록 이성적으로 행동하고, 감정을 절제하는 성향을 보인다.

지능은 타고나는 것이 아니라, 본인이 얼마나 학습하고 노력했는지에 따라 크게 달라진다. 높은 지능을 습득한 이는 경험에 관하여 개방적이다. 관심사가 넓고, 상상력이 풍부하고, 감각이 예민해서 판단력이 뛰어나다.

그렇기에 감정적 언행을 반복하면 안 좋은 결과가 누적되어 결국 자기 손해로 이어진다는 사실을 안다. 반대로 지능이 낮아 감정을 절제하지 못하는 이는 불행한 삶을 살게 될 확률이 갈수록 커진다.

매 순간인 사람

매 순간은 감정으로 기억된다
기쁠 때 슬플 때 행복할 때 우울할 때
더 가까이 다가가면

네 손을 잡아 온기로울 때
네 목소리가 듣기 좋아 설렐 때
네 눈빛이 나를 향해 황홀할 때

너와 천천히 발을 맞춰 걸을 때
너와 걷는 길가에 핀 꽃이 눈길을 끌 때
너와 있는 시간이 이대로 멈췄으면 싶을 때

너는 나에게 감정이고 기억이었다
섬세한 모든 순간이 너였다
매 순간이 너다.

힘든데도 괜찮은 척하는 ——
당신에게

♫

힘들고 지친 마음을 괜찮은 척하며 애써 감추지 않아도 된다. 힘든 건 안 괜찮은 게 맞다. 무슨 죄라도 지은 사람처럼 힘든 상태를 숨기려고 부단히 애를 쓴다.

행여나 우울한 자신으로 인해 주위에 민폐를 끼치게 될까 봐. 안 좋은 영향을 주기 싫어서. 지쳤으면 지쳤다고, 힘들면 힘들다고, 답답한 속마음을 진솔하게 털어놓아도 된다.

아무도 나쁘게 생각하지 않는다. 사람이기 때문이다. 완벽한 사람은 이 세상 어디에도 없고, 누구나 괜찮지 못한 시기가 있기 마련이다.

맑다가 흐리고, 흐리다가 맑은 날씨처럼 자연스러운 일이다. 때때로 무너지는 모습은 지극히 인간적인 모습이다. 이를 마치 비정상처럼 생각하고, 꼭 혼자 짊어져야 할 짐처럼 여기는 것은 갈수록 스스로를 옥죄는 덫에 빠진 것과 같다.

사는 게 사는 것 같지 않고, 진심으로 즐거운 건 뭐 하나 없는 것 같지만, 그렇지 않다. 살아있으니 좋은 시간과 즐거운 때는 다시금 나를 찾아온다.

다만 계절처럼 돌고 도는 것이라서 잠시 숨바꼭질하느라, 당장 눈에 안 보이는 것일 뿐. 안 괜찮고 무너지는 날도 내 인생의 일부다.

일부는 전부가 아니니 안심하길. 당신은 그동안 잘 해왔고 존재만으로 이미 온전하다.

행복이란 ————————

♫

행복이란, 걱정거리 몇 개쯤 시냇물처럼 흘려보
내는 마음. 조바심이 들 때면 푸르른 하늘을 올려
다볼 수 있는 마음. 귀한 존재에게 고맙다는 말을
다시 한번 더 전하고 싶은 마음.

짜증이 나는 일을 그럴 수 있다며 대수롭지 않
게 넘기는 마음. 가까운 이를 손가락질하기보다 감
싸 안아 주고 싶은 마음. 지인과 시답잖은 대화에
웃음이 터져 나오는 마음. 형편이 여의치 못해도
작은 선물을 전하고 싶은 마음.

바쁜 출근길에 마주한 길고양이를 보고 손 한
번 흔들 수 있는 마음. 퇴근길 자줏빛 저녁노을에
빼앗기는 마음. 지름길을 놔두고 일부러 멀리 걷고

나쁘지 않다고 생각하는 마음.

　까만 밤하늘에 금빛으로 휘영청 떠오른 달을 바라보고 소원을 비는 마음. 흐드러진 별빛을 하나씩 헤아려 보는 마음. 따뜻한 욕조에 몸을 담그고 한껏 늘어져 보는 마음.

　행복이 무언지 조금은 알겠다. 특별한 순간에 특별한 마음이 솟아 행복한 것이 아니라, 평범한 매 순간에 나의 마음이 함께했을 때 행복한 것이구나.

　마음을 모든 순간의 곁에 둬야겠다.

지구가 변했다

웃음이 잘 없는데
자주 웃게 된다

전화는 좀 싫은데
통화하고 싶다

하늘이 색다르다
저기 가로수길도
여기 연분홍 장미도 그렇다

너를 좋아하자
지구가 변했다.

살면서 여러 문제가 생기는 이유 ————————

♬

사람이 살면서 자꾸만 여러 문제가 생기는 이유는 무얼까. 이유는 단순하고 명쾌하다. 살아있어서다. 인간뿐만이 아니라, 살아있는 한 모든 생명체는 끊임없이 다양한 문제를 겪는다.

주로 생존과 관련된 문제를 겪게 된다. 하지만 사람은 일반적인 생물과 다르다. 지성체이기 때문에 먹고사는 문제부터 존재의 의의를 찾는 문제까지 그 폭이 비할 수 없이 넓다.

단순히 생존만이 아니라, 사회라는 거대하고 강력한 공동체 속에서 생활해야 한다. 그 속에서 자신을 지키고, 자아를 실현하고, 삶의 의미를 스스로 찾아야 한다.

이렇듯 인생의 다양한 문제는 개인의 의도나 의지와 상관없이 계속해서 발생하게 되는 자연적 현상이다. 그러니 거부할 수도, 피할 수도 없다.

할 수 있는 건 오로지 합리적 선택과 처세가 전부다. 살아가면서 직접 부딪히며 대처하는 것. 그것이 능숙해질수록 성숙이라 일컬을 따름이다.

살아있기에 생기는 문제들. 그동안 살면서 숱하게 직면한 문제는 역설적으로 살아있음을 증명했다. 여태 그랬고, 앞으로도 그리 살아갈 것이다.

불안에 시달리는
사람 특징

♫

하나, 끊임없이 걱정한다.

인간관계, 일, 가족, 건강, 먹고살 문제 등. 사소한 걱정부터 앞날의 고민까지 여러 상황이 겹쳐서 무거운 머릿속이 날이 갈수록 복잡하다.

둘, 불면증을 겪는다.

늦은 시간까지 제대로 잠을 못 이룬다. 그러다 잠이 들어도 깊이 못 자고 자주 깬다.

셋, 비약이 버릇이다.

별거 아닌 일에도 큰 의미를 부여하는 버릇이 있다. 비약하는 게 좋지 않은 습관인 것을 알면서도 머릿속에 연거푸 안 좋은 그림이 떠오른다.

넷, 스트레스를 받으면 티가 난다.

일 또는 사람에게 시달리면 신경이 쓰여서 밥맛이 가신다. 위통으로 자주 속이 쓰리고, 두통을 달고 살기도 한다.

다섯, 반응이 예민하다.

걱정거리가 주위를 몇 겹으로 포위하고 있으니 사람이 여유롭기 힘들다. 쫓기듯 살기 때문에 누가 조금만 선을 밟으면 예민하게 반응한다.

불안은 생각이 깊고 자기반성을 잘하는 사람에게 많이 생긴다. 이런 사람이 책임 의식도 강하다. 될 대로 되란 식의 속 편한 태도가 안 되니 걱정을 사서 하게 되는 것이다. 하지만 덜어낼 줄도 알아야 한다. 모든 걸 다 지키려고 하다가는 신경이 남아나질 않는다. 버릴 건 미련 없이 버리자. 순전히 자신을 위해서.

시도 때도 없이 ──────
불안한 까닭

♫

첫째, 잘해야 한다는 세뇌

어린 시절부터 자아가 생기기도 전에 학교에서 성적표를 받는다. 반강제로 등수가 매겨지고, 점수로 경쟁하는 구조에 내몰린다. 자신도 모르는 사이, 경쟁에서 잘해야 한다는 압박에 시달리고 세뇌된다. 따라서 잘하지 않으면 안 된다는 생각이 무의식 속에 깊숙이 자리 잡고, 뒤처지는 느낌을 받으면 불안감이 눈덩이처럼 커진다.

둘째, 완벽주의

완벽하지 않으면 시작조차 하지 않으려고 한다. 강박이 심해서 극단적으로 사고한다. 중간은 어중간한 게 아니다. 중간은 과정이다.

셋째, 알면서 안 하는 자책

해야 하는 것을 알지만, 하지 않은 사실이 괴롭다. 미루다 보니 문제가 곪고, 진작 하지 않았다며 자책한다. 나태해서 제대로 실천하는 것이 거의 없다. 기대하는 가족에게 미안하고, 스스로에게 가장 미안하다. 자책을 넘어 죄책감까지 느낀다.

불안은 사람을 갉아먹는 감정이지만, 반대로 커다란 성장을 가져올 수 있다. 불안감은 일이든 취미든 무언가를 해야만 진정되기 때문이다.

이런 특성을 역이용하여 불안을 추진력의 연료로 삼는 것이 슬기롭다. 관점을 조금만 달리하면 불안은 삶에 유익한 도구로 변한다.

요즘 당신에게 ——— 필요한 말

♬

1. 남한테 기대하지 말 것.
2. 함부로 정을 주지 말 것.
3. 외로워서 접근하는 사람과
   진심으로 다가오는 사람을 구별하길.
4. 약점은 공유하지 말 것.
5. 당신이 먼저라는 사실을 항상 기억할 것.
6. 우울한 날도 넘길 수 있는
   나만의 취미를 하나 만들길.

하루하루가 생각보다 무겁고, 일상은 뜻대로 되는 것이 없고, 모든 게 마음과 달라서 서럽지만, 그래도 누군가와 함께 나누면 무거웠던 마음이 한결 가벼워지고 설움도 찬찬히 가라앉는다.

바보처럼 혼자 울지 말기를. 곁에 있어 줄 사람이 여기에 멀쩡히 있으니까. 너는 누가 뭐래도 나의 소중한 사람이다.

"그런 의미에서 고기 먹을까. 떡볶이 먹을까. 오늘은 내가 쏜다."

별거 아닌 말이 큰 힘이 될 때가 있다. 우울한 속내를 구질구질하게 설명하긴 싫지만, 그럼에도 누가 먼저 알아줬으면 하고 내심 바라게 되는 날. 이럴 때 마치 속마음을 다 아는 것처럼 다가와 주는 내 사람이 무척 고맙고 소중하게 느껴진다.

쳇바퀴 돌듯 반복되는 ————— 하루의 장점

♫

매일매일 비슷하게 반복되는 하루가 지겨워서 질려 버릴 때가 있다. 그럴 때면 삶이 갈수록 무료하고, 내일이 오는 것이 달갑지 않다. 온통 문제투성이인 것처럼 느껴지기 때문이다. 하지만 알고 보면 쳇바퀴 돌듯 반복되는 하루에도 커다란 장점이 숨어 있다. 바로 안정적이라는 점이다. 예측 불가능한 미래는 불안감을 빚는다. 일과가 불안정하면 새로운 것을 하고 싶어도 집중하기 어려워 엄두가 안 난다.

뻔히 반복되는 하루는 지겹긴 해도 예측이 충분히 가능하고, 따라서 안정감이 생긴다. 이 안정감을 바탕으로 다른 새로운 일을 도전할 수 있는 것이다. 일과가 빡빡하다면 시간을 잘 활용해야 한다. 틈이 날 때마다 현재의 지겨운 일이 아니라, 미래에 하고 싶은 일로 시선을 옮겨야 한다. 가슴이 뛰는 일. 앞날을 그리고 싶은 그런 일.

　퇴근하고 자기 전까지 남는 시간과 쉬는 날, 주말 등을 활용해서 그런 일을 찾는 것이다. 이는 살아가는 데 있어 의욕과 활력이 된다. 예를 들어 글쓰기를 공부하고 책을 출간하는 일, 수제 비누를 만드는 일, 타로 카드를 익히는 일, 프리저브드 플라워를 제작하는 일, 퍼스널 브랜딩 등 하고 싶은 것을 구체적으로 찾고 자기 것으로 만드는 것이다.

　그것이 목표가 되고, 앞날의 인생이 된다. 반복되는 하루는 지겹기만 한 게 아니라, 쓰기에 따라 미래로 도약하는 발판이 되는 것이다.

무한의 주인

실수해도 너에겐
눈부신 청춘이 있다

서툴러도 너에겐
반짝인 눈빛이 있다

가진 게 없어도 너에겐
가장 값진 시간이 있다

스스로 상자에서 살지 말길
너의 가능성은 무한하다.

힘들 때 멈춰야
하는 버릇

♫

1. 타인과 비교
2. 과몰입하는 버릇
3. 확대 해석
4. 불안을 키우는 습관
5. 되는 게 하나도 없다는 짜증
6. 왜 나에게만 이런 일이 생기냐는 의문

괴로울 때는 멈춰야 한다. 때로는 '멈춤' 그 자체가 구원이 되기 때문이다. 깊이 생각할수록 삶이 늪에 빠진다. 그 문제만 생각하느라, 주변도, 해야 할 일도 보이지 않을 만큼 과몰입하니까 도리어 하루하루가 망가진다.

그런다고 문제가 해결되는 것도 아니다. 그러니 때로는 멈추고 지나가듯 넘겨도 된다. 도저히 넘기기 어려운 문제지만, 도무지 혼자 해결할 수 없는 문제라면 더더욱 그래야 한다.

모든 걸 해결할 수 있다고 여기는 건 애초에 불가능한 것을 바라는 욕심이니까. 이런 욕심을 버리고 생각을 멈추면 다시 주변이 눈에 들어온다.

그래야 머리가 맑아지고 막혀 있던 길이 보이기 시작한다. 생각을 멈춘다고 인생이 멈추는 게 아니다. 오히려 나아가는 셈이다.

미숙한 사람 vs 성숙한 사람

♫

미숙한 사람은 좋고 싫음을 먼저 따지고,
성숙한 사람은 올바름을 먼저 살핀다.

미숙한 사람은 말로 마음을 표현하고,
성숙한 사람은 행동으로 마음을 전한다.

미숙한 사람은 남의 일에 관심이 많고,
성숙한 사람은 자기 일에 관심이 많다.

미숙한 사람은 자신이 갖지 못한 것을
시기하는 데에 시간을 쓰고,
성숙한 사람은 자신이 갖고 있는 것을
사랑하는 데에 시간을 쓴다.

미숙한 사람은 타인과 나눌 줄 모르고
자기 배만 채우려 들지만,
성숙한 사람은 타인과 나눔으로써
공허한 마음을 채운다.

미숙한 사람은 상황을 탓하고 욕하지만,
성숙한 사람은 자신부터 바뀌려고 노력한다.

이런 특징으로 인해 미숙한 사람은 갈수록 주
변의 신뢰를 잃게 되고, 성숙한 사람은 수미일관한
모습으로 큰 신뢰를 얻게 된다.

소중할수록
쉽게 대한다

♫

소중한 사람을 더 쉽게 소홀히 대하는 법이다. 우리는 이상하게도 밖에서 만나는 사람에게 더 친절한 경향이 있다. 정작 집에 있는 가장 가까운 가족에겐 퉁명스러운데 말이다.

생전 처음 보고 두 번 다시 볼 일 없는 사람을 고객이라는 이유로, 사적으로 한 번도 만나지 않을 사람을 직장 상사나 비즈니스 관계라는 이유로 애써가며 친절히 대한다.

잘 보이고 싶은 이성의 생일과 기념일은 화려하게 챙기면서, 정작 가족의 생일과 기념일은 대충 넘어가기도 한다.

일과 관련된 사람에겐 없는 예의도 만들어 깍듯이 하면서 절친한 친구에겐 지켜야 하는 선을 수시로 넘기도 한다.

밖에 나갈 때는 차려입지만, 집에서는 편한 차림으로 돌아다니는 것과 같은 이치다. 내 사람들이라고 편한 만큼 쉽게 대하는 것이다.

숨 쉬는 공기가 없으면 당장 죽지만, 매 순간마다 공기를 감사하는 사람은 없듯이 가깝고 소중할수록 소홀하기 쉽다.

편하다는 이유로 쉽게 대하지 말자. 진짜로 귀한 사람이 누구인지 항상 잊지 말자. 무엇이 소중한지도 모르는 눈뜬장님이 되지 말자.

말을 옮기는 사람을 ——— 조심해야 한다

♫

말을 옮기는 사람을 조심하자. 특별히 야비한 사람이므로 요주의 인물이다. "누가 그러던데…" 이런 식으로 시작하는 말은 자세히 들어 보면 부정적인 말이 대부분이다.

세상에는 차라리 모르는 게 약인 것이 많다. 대표적인 것이 험담이다. 타인의 험담을 듣는 일은 하등의 도움이 안 된다.

게다가 험담을 전하는 이는 그와 함께 험담을 나눴던 사람이란 뜻이다. 험담하는 사람 앞에서 동조하고 이제 와서 나에게 험담을 전하는 의도가 불순하다. 이는 때에 따라 이간질이 되기도 한다.

만일 문제가 생기면 본인은 쏙 빠져나가기 위해 타인이 험담했다는 식으로 말을 옮긴다. 나쁜 사람은 되기 싫으니 본인의 입을 더럽히지 않으면서 속마음을 얘기하는 비열한 수법이다.

물론 절친한 사이끼리 편을 들어 주기 위해 그러는 경우도 있다. 다만 그리 깊은 사이도 아닌데 험담을 옮기는 이는 일단 멀리하고 조심하는 것이 좋다.

험담하는 사람도 나쁘지만, 험담을 옮기는 이가 더 악질이니까. 속이 빤히 보이는 악질을 굳이 주변에 둘 이유가 없다.

일상의 사소한 고요 ─────

♫

한때는 사람들로 북적이고 시끄러운 곳이 좋았
다. 축제든 클럽이든 공연장이든 설레고 신나는 분
위기에 흥이 절로 났다. 시간이 흘러 조금 나이를
먹자 조용한 곳이 좋아졌다.

사람이 많은 곳은 일단 피하게 된다. 타인과 부
딪히는 일도, 타인의 시선을 받는 일도, 타인을 지
켜보는 일도. 전부 피로로 느껴지기 때문이다.

어느새 소란한 것을 피하고, 고요한 것을 찾게
되는 자신을 보면 기분이 묘하다. 성숙해진 것 같
기도, 깨달음을 얻은 것 같기도 하다.

묘한 기분을 안고 절을 찾는다. 산속에 숨은 작은 절에 올랐다. "쏴아―." 절을 감싼 대나무 숲에 바람이 불어와 잎사귀들이 쓸리는 소리가 들린다.

평화롭다. 고요한 공간에 올 때면 맑고 깊은 호수처럼 마음이 잔잔해진다. 그 사실이 소중하고 반갑다. 내면의 평화는 공간이 주는 영향이 크다는 것을 느끼게 된다.

집에 냉각기 소리가 요란한 냉장고, 팬이 돌아가는 컴퓨터, 에어컨, 공기청정기 같은 가전제품, 창문 밖 도로에서 들려오는 차들의 소음, 윗집에서 쿵쿵 거리는 층간 소음도 모두 평화로운 일상을 방해하는 요소들이다.

일상의 사소한 고요를 찾아야겠다. 나를 숨 쉬게 하는 고요를.

뿌리는 겉에서
보이지 않는다

♫

나무의 뿌리는 바깥에서 보이지 않는다. 타인이
나를 보는 시선이 딱 그러하다. 나란 사람의 뿌리
가 어디까지 뻗어있는지 아무도 모른다. 나의 뿌리
는 나의 근본, 믿음, 확신, 소망, 꿈, 목표, 의지, 가능
성 같은 것을 의미한다. 씽씽 세찬 바람이 불어도
뿌리까지 흔들 순 없다.

내 뿌리는 나만이 알 수 있다. 아니, 나 자신조
차 다 알지 못한다. 가능성은 한계가 없기 때문이
다. 타인이 나에 관해 뭐라고 평가하든 극히 일부
밖에 모르면서 떠드는 것에 불과하다. 상처받을 일
이 아니고, 휘둘릴 일도 아니다.

따라서 귀 기울일 이유가 없고, 속에 담을 것도 없다. 그런 의미 없는 말들은 잔바람에 불과하니까. 잔바람에 뿌리는 흔들리지 않는다. 자신의 뿌리를 믿으면 시간이 갈수록 자신감이 생기고, 더 구체적으로 행동하게 된다. 행동이 구체적일수록 자신을 믿을 수 있는 근거가 되고, 이는 선순환을 그리며 자기 확신으로 발전한다.

자기 확신과 정신 승리는 다르다. 정신 승리는 충분히 행동하지 않으면서 바라기만 하는 것이고, 자기 확신은 충분한 행동을 바탕으로 굳게 믿는 것이다.

내가 나를 믿을 때, 나는 뿌리 깊은 나무가 된다. 뿌리 깊은 나무는 흔들림이 없다.

2부

괴롭고 힘들 때
하면 안 되는 짓

세련된 사람
12가지 공통점

1. 고유한 분위기가 있다.
2. 마인드가 촌스럽지 않다.
3. 꾸준히 자기 관리한다.
4. 유행을 쫓지 않는다.
5. 삶을 스스로 통제한다.
6. 자기 기준이 확고하다.
7. 타인에게 휘둘리지 않는다.
8. 틀림이 아니라, 다름을 이해한다.
9. 기품 있게 말한다.
10. 내면이 천박한 사람을 멀리한다.
11. 자신의 선택을 믿는다.
12. 인생의 주인공임을 안다.

세련된 사람은 말투도, 몸짓도, 옷도, 스타일도, 마인드도 자기 색이 있다. 뚜렷한 그 색을 속으로 갈무리하여 겉으로 품위 있게 드러내기 때문에 보는 사람이 세련됐다고 느낀다. 이 느낌을 멋, 포스, 간지, 아우라라고 흔히들 부른다.

이를 타고난 것으로 착각하기 쉬운데, 사실은 그렇지 않다. 그들도 오랜 시간을 속으로 고민하고 갈등했다. 그러다 점점 자신만의 기준을 명확히 세우고, 그 기준에 따라 분류하고, 정제하는 과정을 거쳤다. 서서히 내면을 완성한 것이다.

알고 보면 누구나 노력해서 가질 수 있는 매력이 세련된 내면인 셈이다. 자신의 의지대로 인생을 살려고 노력하는 사람은 자기도 모르게 조금씩 세련되어져 가고 있다.

잘 배운 사람이 ——— 자존감을 높이는 비결

1. 타인의 평가에 의존하지 않는다.

남의 생각과 기준은 각자 살아온 환경에 따라 너무도 다르다. 말이 다 다르니 되레 혼란스럽다. 스스로 원인과 결과를 분석하고 행동할 줄 알아야 휘둘리지 않는다.

2. 뇌를 쉬게 한다.

명상, 낮잠, 멍 때리기 등 주기적으로 뇌를 쉬게 해서 효율을 극대화한다. 효율적으로 일을 빠르게 처리하고 남은 시간을 자신에게 집중한다.

3. 장단점을 파악한다.

공책에 자신의 장점과 단점을 하나씩 적어본다. 장점은 더 개발하려 노력한다. 단점은 보완할 방법을 찾는다.

4. 과거에 집착하지 않는다.

후회와 집착은 쓸데없는 시간 낭비라는 점을 안다. 문제점을 알고, 반성하고, 고칠 방안을 정한다. 방안을 정한 후에 더는 그때를 생각하지 않는다.

5. 전문가에게 배운다.

관심있는 분야에서 최고의 전문가가 쓴 책, 강연, 영상을 가까이한다. 그들은 정상에 오른 사람이므로 내 주변의 어떤 인맥보다 훨씬 뛰어난 멘토라는 사실을 안다.

내가 나를 아는 것이 가장 중요하다. 무얼 좋아하고 싫어하는지, 무엇이 장점이고 단점인지, 어떤 것이 문제고 해결책인지. 그래야 인생을 주체적으로 움직인다. 버릴 것은 버리고, 남길 것은 남기고, 고칠 것은 고치고, 배울 것은 배우고. 자존감은 이런 과정을 거치며 연마된다.

시시한 일상을
공유하는 존재

하루의 끝에 사소한 이야기로 일상을 공유하는 존재가 있으면 좋겠다. 시시콜콜한 얘긴데 시간 가는 줄 모르게 떠들고, 무거웠던 마음이 저도 모르게 가벼워지고, 불편했던 감정이 대화를 나누다 보면 녹아 없어지는 그런 사람 말이다.

이제는 안다. 그런 사람과 나누는 대화는 팍팍해서 잘 돌아가지 않아 삐걱대던 삶에 끼얹는 윤활유라는 것을.

어릴 때는 의식하지 못했다. 위안이 된다는 점을 몰랐고, 귀한 줄도 몰랐다. 장난치며 웃고 넘기는 가벼운 말들이었으므로. 단순히 시시한 일상일 뿐이었으므로.

지나 보니 그것이야말로 아무런 해가 없는 대화였다. 싫어도 참고해야 하는 사회생활은 사소한 것 하나하나가 스트레스가 된다. 그 속에선 눈 씻고 찾아봐도 볼 수 없는 가치다.

때론 위로가 되기도 하고, 힘이 되기도 하니 얼마나 귀한 대화인가. 계산 없이 서로를 진정으로 위하는 관계일 때 가능한 일이다.

사람은 의외로 사소한 것에서 힘을 얻는다. 내가 상대에게 의미 있는 사람이 되는 것. 상대가 나에게 의미 있는 존재가 되는 것. 이는 시시한 대화와 사소한 일상의 공유로 이루어진다.

자기 학대인데 ——— 모르고 하는 행동

☕

첫째, 자지 않고 폰을 본다.

자려고 누웠는데 정작 잠은 뒷전이고, 늦은 새벽까지 폰만 본다. 일종의 도피인데 그러다 지쳐 잠들지만, 깊이 잠들지 못한다. 다음 날 머리가 무겁고 목과 등이 쑤실 만큼 피로한 원인이 된다.

둘째, 스트레스를 먹는 것으로 푼다.

주로 맵거나 단 것을 찾는다. 기분이 우울하면 매운 음식이 당기고 흔히 떡볶이가 생각난다. 매운 맛은 미각의 영역이 아니라, 통각의 영역이다. 음식이 통각을 자극하면서 맵다고 느끼는 것이다. 이처럼 일종의 고통으로 더한 자극을 주어서 감정을 풀려고 한다.

셋째, 기분에 따라 마구 쇼핑한다.

우울하고 자존감이 떨어지면 이를 회복하기 위해 무언가를 소유하려는 심리가 생긴다. 이때 무계획적으로 막 지르게 되고, 결국 과소비와 낭비로 이어진다.

적당히 폰을 보고, 매운 걸 먹고, 쇼핑하는 것은 감정 해소에 도움이 된다. 다만 원인도 모르는 채로 과도해지면 그때부터는 자학이 된다.

마음의 허기짐은 다른 방법으로 채우는 것이 좋다. 순간적인 충동, 자극, 도피가 아니라, 제대로 자신을 아끼고 보듬는 시간을 가져야 한다.

걱정은 지칠 줄 모른다 ─────

걱정하는 사람은 지쳐도 걱정은 지칠 줄 모른다. 매번 다른 걱정을 매번 같은 사람이 하기 때문이다.

나이를 먹고 어른이 되면 걱정에 익숙해질 것도 같은데 끝내 익숙해지는 법이 없다. 아무리 걱정하고 해결해도 일시적일 뿐, 또 다른 걱정거리가 생기기 때문이다.

꿈을 이룬 사람도, 부유한 사람도, 행복한 사람도 나름의 걱정거리를 안고 산다. 이렇듯 걱정은 저마다 사람에게 일부처럼 기생한다.

짚어야 할 것은 이런 문제가 비단 혼자만의 불행이 아니라는 사실이다. 누구에게나 있는 일이고, 달이 뜨고 지는 것 만큼 자연스러운 현상이다.

사람으로 태어난 이상 각자가 밤하늘에 초승달처럼 채워지지 않는 마음을 이끌고 지쳐도 살아간다는 의미다.

그러니 필요 이상으로 신경을 쓰고 사로잡힐 것은 없다. 외롭고 쓸쓸하게 여길 일 또한 아니다. 이런 사실을 인지만 해도 뭉쳤던 마음이 풀어진다.

잘 하려다가
중요한 걸 놓친다

좋아하는 사람이 생기면 그 사람에게 더 나은 사람이 되고 싶다. 더 잘해주고 싶고, 더 멋있어 보이고 싶고, 더 좋은 사람이 되고 싶다. 하나 잘 하려는 마음도 지나치면 완벽을 추구하는 행위가 된다.

중요한 건 상대와 함께하는 시간이다. 잘 보이려고 신경 쓰다 보면 집착이 되고, 집착이 커지다 보면 자기도 모르게 더 중요한 것을 잊게 된다.

예를 들어 얼굴에 뾰루지 하나가 났다고 못나 보일 것 같아 약속을 미룬다. 옷장을 열어보니 입을 만한 옷이 없어서 다른 핑계를 대고 만남을 거절한다.

보고 싶지만, 살이 찐 상태를 보여주기 싫어서 할머니가 아프다느니, 중요한 일이 있다느니 거짓말을 지어내 둘러대는 식이다.

상대와 함께하는 시간이 훨씬 소중한 것인데, 잘 보이고 싶은 마음 때문에 인생의 귀한 순간을 놓치는 것이다.

완벽한 상태만 보이려고 하는 것. 이는 자기 자신을 옥죄는 원인이자, 상대의 오해를 사는 원인이기도 하다. 상대로선 계속 피하니 싫어하는 건가 싶으니까.

시간이 아깝다. 잘 보이려는 마음보다 중요한 것을 잊지 말길. 사람은 누구나 부족하고, 만남으로 채워갈 수 있는 것이 더 많으니 말이다.

울고 싶은데
웃고 있는 사람

울고 싶은데 웃는다. 힘든 일이나, 슬픈 사정을 말하면서 이상하리만치 얼굴에 웃음을 띠고 있다. 전혀 웃긴 상황이 아닌데도 혼자 웃고 있는 표정이다. 이는 겪어본 사람만 안다. 당장 터질 것 같은 울음을 있는 힘껏 참고 있다는 사실을. 한 번 터지면 댐이 무너지듯 그동안 참고 견딘 모든 것이 쏟아질 것만 같아서.

눈치를 본다. 분위기를 망칠까 봐. 괜히 나 하나 때문에 주위까지 우울해지는 것을 어떻게든 피하려고 한다. 그래서 일부러 더 밝게, 아무렇지 않게 웃으며 말하려고 필사적이다. 자기 속은 망가졌어도 분위기가 망가지는 건 원치 않는다.

표현 방법을 까먹었다. 너무 오랜 시간 혼자 삭여와서 이제는 자기 안의 슬픔을 타인에게 어떻게 표현해야 하는지 방법을 까먹었다.

울어야 할 때를 모른다. 울어야 할 때 울지 못하는 것처럼 슬픈 일도 없다. 견디고 버티는 것이 어느샌가 당연한 일상이 되어 버렸다.

어른은 왠지 단단해 보여야 할 것 같다. 그 덕에 어른이란 이름의 껍데기에 갇혀 살면서 속내를 털어놓는 법을 잊는다. 무조건 참고 견딘다고 해결되는 것이 아닌데도 말이다. 아픈 건 아프다고 말하고, 힘든 건 힘들다고 토로해도 된다.

징징거리는 것이 아니다.
어른도 털어놓아야 할 때가 있다.

불 꺼진 방

네가 가고 나니
혼자 부르는 노래 같다

네가 떠나고 나니
내게만 보이는 별빛 같다

네가 없으니
늦은 밤 홀로 사는 방에 돌아온 것 같다

방에 불이 꺼져 있어 다행이다
네가 없어도 보이지 않으니.

허탈감이 인생을
재미없게 만든다

허탈감은 인생을 급속도로 재미없게 만든다. 사람은 보람찬 일, 인정을 받는 일, 결과가 좋은 일에 재미를 느낀다. 삶에서 일종의 보상이 되기 때문이다.

허탈감은 이런 보상을 빼앗는 역할을 한다. 손에 쥐어야 하는 보따리인데 웬 녀석이 오토바이를 쌩하고 타고 와 날치기하는 것이다.

몇 년을 몸 바쳐 일한 회사에서 잘리는 일. 열심히 준비한 시험에 떨어진 일. 그동안 모은 재산을 투자한 사업, 주식, 코인, 부동산에 실패한 일.

오랜 세월 동안 정을 쏟은 친구가 변절한 일. 모든 걸 내어 주고 사랑한 연인이 배신한 일. 이와 유사한 모든 경험이 허탈감을 일으킨다.

강한 허탈감은 삶에 의욕을 잃게 한다. 한 번 상실한 의욕은 다시 생기기 쉽지 않다. 의욕이 없으니 끝없이 방황하게 된다. 사람을 피하고 방에만 틀어박혀 세상을 등지기도 한다.

대충한 사람은 허탈감을 느끼고 싶어도 느낄 수 없다. 허탈한 것은 허탈할 정도로 당신이 진심이었다는 증거다. 삶의 재미는 옅어졌어도, 진심으로 삶을 대했던 당신의 향기는 진하게 남아 있다.

그 향을 기억하길. 비록 당장은 의욕이 없어도 시간이 지나면 진심이었던 그 시절이 당신을 찾아와 다시 한번 해 보자며 손을 맞잡고 일으켜 세울 테니까.

무례한 사람이 ————
자주 쓰는 말

1. 솔직히 까놓고
2. 널 생각해서 하는 말인데
3. 다 네가 잘됐으면 해서
4. 그거 내가 해봤는데
5. 내가 좀 직설적이라서
6. 돌려서 말 못 하는 성격이라
7. 넌 착하잖아
8. 너 원래 안 그러잖아

무례한 사람이 오지랖을 부리고, 쓸데없이 참견할 때 쓰는 대표적인 말들이다. 존중을 가장한 선넘는 말투.

듣는 사람의 감정은 생각하지 않고 일단 뱉고 보는 말이 대부분이다. 진짜 상대를 위하려면 우매한 자기중심적 사고와 태도부터 버려야 한다.

그 말이 조언이 되려면 듣는 이가 먼저 조언을 구할 때나 가능하다. 그 말이 충고가 되려면 듣는 이가 충고를 원하고 필요로 할 때 가능하다.

이렇듯 상대를 위하는 말은 전제 조건이 필요하다. 시도 때도 없이 참견하고, 오지랖 부리고, 지시하는 주제에 본인이 상대를 위한다고 여기는 건 어리석은 착각이다.

그저 본인한테 거슬리니, 본인의 욕심에 상대를 바꾸고 맞추려는 짓이다. 불쾌하고 무례한 짓에 불과한 이유다.

무례한 사람에게
대처하는 처세술

1. 되묻기

"그게 무슨 뜻인가요?", "그 말은 어떤 의도인가요?" 무례한 말에 기분이 상했을 때 말의 뜻을 다시 묻는 방법이다. 무례한 말은 생각 없이 뱉는 경우가 많다. 그래서 의도를 되물으면 상대는 당황하며 다시 말을 풀어서 설명한다. 다행히 오해인 경우도 있고, 여전히 무례한 경우도 있다. 전자인 경우엔 그냥 웃으면 되고, 후자인 경우엔 "그런 말을 왜 저한테 하나요?", "그게 좋은 말이라고 생각하세요?" 등 재차 묻는 방식으로 상대에게 되돌려줄 수 있다.

2. 똑같이 말하기

"살 쪘네", "옷이 이상한데?" 습관처럼 으레 생각 없이 사람을 품평하는 경우가 많다. 그럴 때는 같은 방식으로 가볍게 대꾸하면 된다. "넌 나보다 뱃살이 더 나왔네", "네 옷은 예전에 내가 입던 건데." 이러면 상대는 그 입을 다문다.

   3. 해석을 다르게 받기
   "어우~ 덩치가 산만 해졌네?" 살쪘다는 의미로 비꼬는 것을 "내가 좀 남자답고 듬직하지." 다른 예시로 "야, 그래 가지고 되겠어?" 핀잔 섞인 말을 "그죠? 이러면 너무 잘되니까 좀 그래요." 이런 식으로 말이다.

   무례한 일을 당하면 막상 그 순간엔 당황해서 어색하게 웃으며 넘기지만, 집에 와서 돌이켜 보면 기분이 언짢고 불쾌하다. 제대로 대처하지 못하고 지나서야 '그때 이럴걸…' 후회하는 경우가 많다. 위 방법으로 대응하면 싸움으로 번지지 않고, 우아하게 대처할 수 있다. 상대가 먼저 한 말이 있으니, 화를 낼 수 없기 때문이다. 이 정도 처세술은 몸에 익히고 있어야 제대로 대처한다.

20대, 30대가 의외로
모르는 6가지

☕

1. 장례식, 결혼식

모든 경조사에 참석할 필요 없다. 진정으로 가깝고 소중한 사람만 가서 챙기면 된다.

2. 꿈, 목표 없어도 된다.

최선을 다하는 것이 더 중요하다. 꿈과 목표가 아무리 대단해도 노력을 게을리하면 제자리다. 반대로 꿈과 목표가 없어도 주어진 하루에 최선을 다하면 계속 발전하는 사람이 된다.

3. 술, 게임이 삶을 소모한다.

시간과 돈을 낭비하는 최고의 수단이 술과 게임이다. 빠져 살면 3년, 4년, 5년씩 인생에서 정신없이 삭제된다. 그만큼 기회비용을 잃는 것이다.

4. 쉴 땐 쉬어야 한다.

젊음을 믿고 마구 달린다. 그 반동은 젊을 때가 아니라, 나이 들어서 건강 문제로 돌아온다. 젊었을 때부터 충분히 잘 자고, 잘 쉬어야 한다.

5. 부모에게 쓰는 돈이 제일 아깝지 않다.

살면서 시간이 지나면 여기저기에 돈을 쓴 것을 후회할 때가 있다. 한데 부모님께 쓴 돈은 되레 시간이 지날수록 후회가 없다.

6. 일과 나를 분리해야 한다.

지금 하는 일이나 도전한 일에 결과가 좋지 않으면 일의 실패로 여기지 않고, 마치 인생이 망한 것처럼 생각한다. 사실이 아니다. 일이 망했을 뿐이다. 일의 가치와 나의 가치는 다르다.

스트레스를 참는 게 ——————
위험한 이유

하나, 힘든 걸 일상으로 착각한다.

당연한 힘듦은 없다. 몹시 힘든데 억지로 참고 적응한 상태일 뿐. 결국에는 건강이 망가지든, 정신이 무너지든 탈이 난다.

둘, 감정을 정상적으로 표현하는 법을 잊는다.

평소 속에 있는 것을 어떻게 꺼내는 건지 까먹고 점점 인간미가 사라진다.

셋, 감정 조절을 못 하게 된다.

급성 불안 장애, 분노 조절 장애가 생기기도 한다. 팽팽하게 당겨진 고무줄처럼 신경이 곤두서고 예민해서 건드리면 폭발하듯 반응한다. 갑자기 극도로 불안해지거나, 심하게 짜증이 치미거나, 기분을 태도로 티를 내는 식이다.

    스트레스 원인은 감정의 억누름에 있다. 감정을 표현하는 것은 나를 표현하는 행위다. 친구와 수다도 좋고, 좋아하는 드라마와 영화 감상도 괜찮고, 노래방에서 실컷 노래하고, 한 번쯤 시원하게 욕설을 뱉으며 소리를 질러도 좋다. 어떤 방법이든 속에 있는 응어리를 해소하는 데에 도움이 된다.

    사회적 영향으로 길들어 버린 "나만 참으면 된다." 따위의 생각은 버리기를. 당신이 없으면 세상은 아무런 의미도 없다. 어느 누구보다 당신이 제일 귀하다.

완벽한 하루

무사하니 되었다
건강하니 기쁘다

집밥이 감치다
낮잠이 달콤하다

눈을 뜨니 네가 있다
널 만지는 손가락이 있다

하루가 참으로 완벽하다.

자기 비하,
자기혐오 특이점

1. 칭찬을 조롱으로 듣는다.
2. 무슨 일이든 자책한다.
3. 불안감이 가시질 않는다.
4. 기쁨, 행복을 경계한다.
5. 미안하다는 말이 습관이다.
6. 자신한테 지나치게 엄격하다.
7. 작은 실수도 수치심이 든다.
8. 죄책감과 무능하다는 생각에 시달린다.

자기 비하, 자기혐오는 절대로 하지 말아야 한다. 자기 자신을 미워하고 싫어해서 얻는 건 아무것도 없다. 얼마큼 내가 나를 싫어하든. 어디까지 미워하든. 어차피 죽을 때까지 나는 나로 살아야한다.

그렇다면 나 자신과 사이좋게 지내는 길을 모색해야 한다. 내면의 전쟁을 끝내고 평화를 유지할 방법 말이다.

자기가 자신을 비하하며 혐오하고 있다는 사실을 인지하는 것부터 시작해야 한다. 위 8가지처럼 어떤 특징들이 있는지 인지하면 이를 경계하고 조절할 수 있다.

자신을 비하하고 혐오하는 행위는 실은 엄청난 에너지와 정신력이 필요한 일이다. 끝없이 소모만 하는 일이기 때문이다.

그렇다면 이 막대한 에너지와 정신력을 긍정적인 쪽으로 방향만 바로 잡으면 될 일이다. 무기력한 것이 아니라, 그동안 정반대 방향으로 소모한 것이다. 따라서 방향만 제대로 수정하면 누구나 자기혐오를 극복할 수 있다.

곁에 두면 기가 빨리는 ─────
7가지 유형

1. 딱히 관심도, 흥미도 없는데
   자기 얘기를 끊임없이 떠드는 사람
2. 무슨 대화를 해도 결론이
   자기 중심으로 이어지는 사람
3. 입만 벌리면 남에 대한
   평가와 험담이 습관인 사람
4. 성질이 불같아서 사사건건
   시비가 붙고, 언성을 높이는 사람
5. 안 해도 될 말을 굳이 꺼내서
   분위기를 싸하게 만드는 사람
6. 안 되는 이유만 찾고, 온갖 부정적인
   말로 자존감을 깎아내리는 사람
7. 자기 생각을 강요하고,
   주변을 선동하는 사람

이런 부류의 사람은 자기만의 세상에 갇혀 스스로 주제 파악이 전혀 안 되어 있고, 공감 능력과 사회성이 크게 결여되어 있다.

　　특히 위와 같은 특징을 가진 사람 중에 소시오패스, 나르시시스트가 많다. 이런 사람을 멀리하는 건 인정이 없는 게 아니라, 자신을 지키는 일이다.

　　끊어내고, 잘라내고, 멀리하고, 차단하고, 무시로 일관하여 안온한 하루를 지켜야 한다. 그 관계에서 벗어나야 숨을 쉴 수 있다.

명품 없이도 ──── 귀티 나는 사람 특징

하나, 외모가 깔끔하다.

지저분하거나, 멋부리지 않고 단정하다. 단순히 외관적인 생김새를 말하는 게 아니다. 평소 잘 씻고, 어울리는 옷을 입고, 단정한 매무새를 말한다. 아무리 부정해도 외모는 인상에 가장 큰 영향을 준다. 귀티가 나는 인상은 깔끔한 외모에서 시작된다.

둘, 흥분하지 않는다.

침착하고 차분한 태도를 유지한다. 대화하다 보면 어느새 말이 빨라지고, 톤이 높아지는데 그런 경향이 적다. 항상 자기 페이스를 유지한다.

셋, 일관적 태도

앞뒤가 다르지 않다. 말과 행동이 일치한다. 시

간이 흘러도 그러한 태도에 변함이 없다.

넷, 담백하다.

말투, 표현, 표정을 억지로 꾸미지 않는다. 끈적하거나 느끼하지 않고 산뜻한 언행이 배어 있다.

다섯, 허세와 과시가 없다.

해 보지 않은 일을 해 본 것처럼 얘기하고, 해 본 일이라도 부풀려서 말하는 사람들과 정반대다. 있는 그대로 말할 줄 안다.

여섯, 유연하다.

'아, 그럴 수도 있겠다'라는 마인드를 기본적으로 가지고 있어서 타인과 충돌이 거의 없고, 성격이 모난 데 없다.

귀티는 명품과 보석으로 치장하여 꾸미는 게 아니라, 꾸준한 학습과 자기 관리로 내면부터 외면까지 격을 갖추는 사람의 품격이다.

사랑할수록
지켜야 하는 기본

첫째, 연락
둘째, 집중
셋째, 무조건 네 편

아무리 사랑해도 연락이 안 되면 소용없다. 기본적인 존중이기 때문에 무엇보다 중요하다. 온종일 휴대폰을 붙잡고 있으라는 말이 아니다. SNS, 유튜브, 게임 따위를 하기 전에 상대에게 짧게라도 먼저 연락하면 된다. 또 한동안 연락이 안 될 것 같으면 무얼 한다고 미리 알려주면 된다. 상대가 하염없이 기다리지 않게 말이다. 전혀 어려운 일이 아니다. 연락이 안 되는 일이 지속되면 기다리는 사람은 관심을 구걸하는 기분마저 든다.

집중은 존중의 기본이다. 평소 다른 이성한테 한눈팔지 않는 것. 만났을 때 상대에게 오롯이 집중하는 것. 다른 이성한테 관심을 보이거나, 만나서 폰을 보고 딴짓하는 것은 기본이 안 된 사람이다. 서로 집중하지 않으면 만나는 의미가 없다.

옳고 그름을 떠나 우선 같은 편이 되어야 한다. 잘잘못은 심판이나 따질 문제지, 당신이 소중한 상대에게 따질 문제가 아니다. 심각한 도덕적 문제가 있거나 죄를 지은 게 아닌 이상, 일단 무조건 소중한 사람의 편이 되어야 한다.

괴롭고 힘들 때
하면 안 되는 짓

☕

1. 밤샘

낮과 밤이 바뀌는 것은 그나마 지켜왔던 일상과 루틴마저 무너진다는 뜻이다. 힘들 때일수록 잠을 제때 자고, 규칙적으로 생활해야 그동안 쌓아온 일상을 지킬 수 있다. 직장과 학교에 매일 제시간에 출퇴근하는 것을 포함하여, 학원, 필라테스, 요가, 헬스, 피티 등 정해진 시간에 가는 곳에 강제로라도 다니는 것이 좋다.

2. 혼자 끌어안는 짓

혼자 해결할 수 없는 문제를 혼자서 끌어안는 행위가 자신을 고립시키고 위기를 더욱 크게 키운다. 민폐라고 생각하지 말길. 미안함을 내려놓고, 자존심을 내려놓고, 지푸라기라도 잡아야 한다. 힘들 때는 기대는 것도 용기다.

3. 자기 비난

자책이야 할 수 있지만, 마음이 괴롭고 힘들수록 단순히 자책에서 그치지 않는 것이 문제다. 자책감을 넘어 죄책감을 갖고, 자기 비난과 비하로 악화되기 쉽다. 언제나 자책은 건강한 방향으로 해야 한다. 반성 후 고치고, 다음에는 같은 실수를 다시는 반복하지 않도록 노력하면 된다.

위기일수록 오히려 평소처럼 일상을 지내는 것이 중요하다. 위기 때 자신을 잘 관리해야 상황이 더는 악화되지 않고, 비교적 어렵지 않게 위기를 넘길 수 있다. 삶을 통제하는 힘은 일상 속에 있다.

인간관계가 좁아지는 건 ——— 잘 살고 있다는 증거

☕

어릴 때는 친구, 지인들과 공유하는 시간이 많을 수밖에 없다. 같은 학교에 다니고, 등하교를 함께하고, 친구와 학원을 등록하고, 축구, 농구, 노래방, PC방, 온라인 게임도 여럿이서 하는 경우가 많다. 물리적으로 함께하는 시간이 많은 셈이다.

그러다 학교를 졸업하면 뿔뿔이 흩어지기 시작한다. 저마다 전국 각지의 대학을 성적과 형편에 맞게 진학하고, 누구는 군대를 일찍 가고, 누구는 곧바로 취업한다. 사업을 벌이는 친구도 있다.

이처럼 물리적 거리가 멀어지고, 각자의 위치에서 제각각 시간을 보내게 된다. 이때 각자가 겪은 환경에 따라서 입장과 생각이 달라진다.

그 결과, 가까웠던 사이가 점차 소원해진다. 모두가 사회의 구성원으로서 자기 인생을 책임지기 시작하고, 연애도 하고, 결혼도 한다. 그 와중에 먹고사는 업무에 시달리는 것이 일상이다.

이러니 물리적으로 얼굴 한번 보기가 어렵고, 환경이 달라져서 저마다 생각도 다르니, 서로 공감할 거리도 대폭 줄어든다.

어른의 과정인 셈이다. 이렇듯 나이를 먹을수록 인간관계가 좁아지는 것은 그만큼 주어진 삶을 충실히 살아가고 있다는 증거다.

인연은 시간에 ——— 비례하지 않는다

인연은 시간에 비례하지 않는다. 학창 시절 3년을 같은 반이어도 얼굴만 아는 친구가 있는 반면, 하루 만에 절친한 사이가 되는 경우도 있다.

오래 알아 깊어지는 것이 아니고, 짧게 봤다고 얕은 관계인 것도 아니다. 함께한 시간과 무관하게 서로를 얼마나 깊이 이해하는지가 중요하다.

타인을 깊이 있게 이해하려면 우선 말이 잘 통하고 생각의 결이 잘 맞아야 한다. 서로 닮은 생각과 대화가 관계의 기본 바탕이 되는 것이다. 흔히 죽이 잘 맞는다고 표현한다.

잘 통하는 사람은 군이 애써 노력하지 않아도 많은 점이 맞아떨어진다. 닮은 구석이 많으니 별것도 아닌 것에 함께 웃고, 사소한 일상을 공유하는 것으로 위로를 얻는다.

관계가 자연스럽고 기분 좋게 깊어지는 이유다. 관계를 유지하는 것도 다른 일반적인 경우보다 힘이 덜 든다. 마음이 활짝 열린 상대라서 언제든 환영하고, 상대 역시 같은 마음이기 때문이다.

얕고 오래된 관계를 신경 쓰기보다 짧아도 깊은 인연을 살펴야 한다. 깊은 인연을 챙길수록 인생도 깊이를 더한다.

살면서 가장 많이 참는 것 ————

사람이 사는 동안 가장 많이 참는 것은 무엇일까. 바로 '하고 싶은 대로 하는 것'이다. 당장 회사에 사표를 쓰고 때려치우고 싶지만, 먹고 살아야하는 문제와 책임져야 할 가족이 눈에 아른거려서 참는다.

불쾌감을 주는 상대에게 화내고 따지고 싶지만, 좋은 게 좋은 거라고 참는다. 싫어하는 상대를 뒷말하고 욕하고 싶지만, 그런 인간과 다를 게 없는 사람이 되는 건 더욱더 싫어서 참는다. 성에 차지 않는 일을 성격대로 해버리고 싶지만, 민폐를 끼치는 것이 될 수도 있기에 참는다.

일 처리가 답답해서 짜증을 내고 싶지만, 함께 사는 사회니까 참는다. 이해가 안 되는 행동을 도저히 두고 볼 수 없어서 요목조목 짚으며 잔소리를 하고 싶지만, 괜한 오지랖을 부리다가 상처 주는 것 같아서 참는다.

이뤄낸 성과를 동네방네 자랑하고 싶지만, 남들에게 질투와 시새움을 받을 것을 알기에 참는다. 매일 고소한 빵과 밀가루 음식과 달콤한 초콜릿을 실컷 먹고 싶지만, 당뇨병이 생기고 건강이 망가질까 봐 두려워서 참는다.

참 자주, 많이 참으면서 살고 있구나. 받아들여야 편하겠지. 참고 사는 게 인생인 것을.

첫사랑

어설프고 어색한 모습이
예뻐 보일 수 있구나

화장하지 않아도
자다가 입을 벌려도
예쁠 수 있구나

예쁨을 네가 처음 알려 주었으니
그래서 첫사랑이구나

처음 마음을 생애 끝까지
전하고 싶은 이 마음이
첫사랑이구나.

사랑스러운
사람의 특이점

하나, 솔직하고 털털하다.

가식적이지 않고 진솔하다. 무례한 솔직함과는 다르다. 상대방의 기분이 나쁘지 않게 선을 지키며 진솔하게 대한다. 사회에는 솔직함과 무례함을 구분하지 못하는 사람이 의외로 아주 많다. 그중에 선을 지키며 솔직한 사람은 차별화되고 빛이 난다.

둘, 웃는 게 예쁘다.

웃음이 많고 웃는 모습이 이쁘다. 리액션이 좋아서 말하는 이가 신이 난다. 반응이 좋으니, 계속해서 대화하고 싶어진다.

셋, 허세가 없다.

어설프게 있어 보이려고 하지 않으니, 사람이

담백하다. 과시, 꾸며 냄, 아는 척 등은 허세를 부리는 본인만 빼고 주변의 모두가 알고 있다. 이미 허세인 것이 들통났는데 본인은 여전히 모르는 채로 산다. 마치 짝퉁처럼.

　넷, 잘 들어 준다.

　기본적으로 공감 능력이 뛰어나고 경청을 잘한다. 괴로운 이야기도 자기 일처럼 공감하고 위로한다.

　이 외에도 상대를 가르치려 하지 않는다. 생각이 올바르다. 이처럼 사랑받는 이들은 무슨 대단한 이유로 사랑받는 것이 아니라, 사소한 이유가 모여 인간미를 풍기고 보는 이들의 마음까지 열게 한다.

상처 없이 떠나는 법 ————

상대에게 끝까지 맞추지 않아도 된다. 기분이
상하지 않도록 배려하는 건 좋은 태도지만, 그렇다
고 희생을 감수하며 그럴 필요는 없다.

희생한다고 하여서 관계가 개선되지도 않을뿐
더러, 근본적으로 좋은 사람이라면 작은 배려에
도 감사할 줄 알고, 상대의 희생도 원치 않아 할
테니까.

어쩌면 당장 인연이 아쉬워서, 조금 더 믿어보
고 싶어서 끌려다니는 것일 수 있다. 좋은 관계는
내가 먼저 노력해야 이뤄지는 것이 맞지만, 상대도
화답할 때 비로소 성립된다.

상대는 자기가 하고 싶은 대로 하고, 나에 대한 존중과 배려는 하지 않는데 좋은 관계가 될 리 없다. 정이 많은 성격 탓에 냉정히 끊는 일이 도무지 쉽지 않겠지만, 그 정조차 아까운 사람이 있는 법이다.

마음을 천천히 정리하자. 서둘러 단숨에 끊지 않아도 된다. 연락을 바로 무시하거나 차단하는 것이 아니라, 답장이 뜸해지고 만나는 횟수를 줄여가면 된다.

이렇게 거리를 두기 시작하면 서로가 크게 상처를 받을 일도 없다. 항구에서 배가 서서히 떠나듯, 자연스레 멀어진다.

✈

3부

———————

노력으로
별이 되는 사람

시간은 공평하지 않다 ————

　시간은 공평하지 않다. "시간은 누구에게나 공평하다"는 말은 낡고 단면적인 말이다. 요즘 세상에는 시간을 돈으로 살 수 있기 때문이다.

　예를 들어 목적지로 이동할 때, 차와 배를 타면 대략 10시간이 걸리는 거리를 그보다 비싼 돈을 주고 비행기를 타면 2시간 내에 갈 수 있다. 돈으로 8시간을 사는 셈이다.

　그뿐인가. 자신이 해야 할 일을 타인에게 값을 치르고 외주를 맡기거나, 직원을 고용해서 시키거나, 대신할 사람을 구하면 일을 해야 하는 시간으로부터 자유로워진다.

운전하는 대신 운전사를 고용하면 뒷좌석에서 편하게 앉아 다른 일을 할 수 있다. 이 모두가 돈으로 시간을 사는 행위다. 그렇게 여유가 생긴 시간만큼 본인은 또 다른 곳에 시간을 쓸 수 있다.

이처럼 공평하지 않은 것이 시간이다. 다만 공평하지 않다고 말하려면 우선 자신에게 주어진 시간부터 온전히 활용해야 그럴 자격이 있다.

대부분은 불공평과 무관하게 자신의 시간조차 제대로 활용하고 있지 않으니까. 불평하기 전에 쓸데없이 낭비하는 시간부터 온전히 내 것으로 만드는 것이 첫째다.

조바심과 압박감에 ——— 짓눌리는 시기

조바심과 압박감에 짓눌리는 시기가 있다. 악몽에 시달리다 깨면 식은땀에 흠뻑 젖듯, 애서 외면해도 견디기 어려울 만큼 불안감에 젖는 시기다.

혼자 머물러 있는 느낌, 억울할 정도로 뒤처진 것 같은 감각, 아무것도 이룬 게 없다는 죄책감, 뭐라도 빨리해야겠다는 조급한 마음이 갈수록 숨통을 조인다.

이럴 땐 하던 것을 잠깐 멈춰야 한다. 숨을 깊게 들이쉬고 차분히 주위를 둘러보자. 방 안, 창밖, 길거리, 하늘, 산을 주욱 둘러보면 마음이 서서히 진정된다. 풍경은 언제나 다름없이 그대로 있기 때문이다.

세상은 급변하지 않는다. 멀리 보이는 저 산은 천 년 전에도, 백 년 전에도, 10년 전에도, 지금도 여전히 거기 있다. 모르는 사람이 갑자기 날 알아보고 비난하고 손가락질하는 그런 일 따위는 없다.

아무것도 변하지 않았고, 아무도 나를 해치지 않는다. 오직 내 마음만 어지럽게 요동친 것이다. 있는 그대로가 현실이다. 그러니 조급할 필요가 없다.

어차피 한 개인이 할 수 있는 것은 정해져 있다. 바라는 것, 이루고자 하는 목표, 경제적 자유, 안정적 생활, 건강한 신체 등 이 많은 숙제를 한꺼번에 해낼 순 없다.

아무리 빨리 서두르려고 해도 단번에 이룰 수 있는 일이 아니다. 고로 차근차근하면 된다. 흔들리지 말고 한 발 한 발 단단하게.

당신이 아름다운 ————
어른이라는 6가지 증거

1. 책임을 진다.

나의 선택, 현재 상황, 하루 일과, 집안일까지 스스로 책임을 질 줄 안다. 때론 무거워서 버겁지만 피하지 않는다.

2. 공감할 줄 안다.

남을 함부로 우습게 보거나 깔보지 않고, 타인의 아픔에 귀를 기울이고 속 깊이 이해한다.

3. 작은 소중함을 느낀다.

지인이 건네는 별거 아닌 따뜻한 말 한마디에 마음이 일렁이고 소중함을 느낀다.

4. 기분과 태도를 분리한다.

짜증이 나고, 우울하고, 슬프고, 무기력한 날에
도 맡은 일을 끝까지 해낸다. 주위 사람들에게 민
폐를 끼치지 않으려 노력한다.

5. 인정할 줄 안다.

잘못을 인정할 줄 알고, 진심으로 사과할 줄 안
다. 틀린 것이 아니라, 다른 것임을 인정한다.

6. 감사한다.

혼자 이룬 것이 아니라, 주위 사람들이 있었기
에 이뤘다고 생각하고 감사한 마음을 전한다.

아름다운 어른은 이런 당신에게 어울리는 수식
어다. 자기 일을 알아서 하는 사람. 아무리 하기 싫
은 일이라도 책임감을 갖고 끝내 해내는 사람.

성실한 그 모습이 강한 신뢰감을 준다.
당신은 태도가 무척 아름다운 사람이다.

삶이 나아지는 ——— 8가지 방법

✈

1. 말을 조심한다.
2. 판단의 기준을 정한다.
3. 같은 실수를 반복하지 않는다.
4. 후회를 반성으로 바꾼다.
5. 쉽사리 포기하지 않는다.
6. 자신을 의심하지 않는다.
7. 과거에 얽매이지 않는다.
8. 일 처리를 기분대로 하지 않는다.

건강을 지키려면 좋은 음식을 많이 먹는 것보다 몸에 독이 되는 음식을 먼저 피해야 한다. 이와 같이 인생도 무엇을 하는 것보다 해서는 안 될 짓을 먼저 알고, 그것을 하지 않는 것이 훨씬 더 중요하다.

그게 더 효과적이고, 효율적으로 삶을 나아지게 만든다. 쓸데없는 곳에 소모하는 정신력과 시간을 아끼고, 아끼는 만큼의 여유가 생기기 때문이다. 주변에도 나쁜 영향을 끼치지 않아서 인간관계나 업무 중에 불편할 일이 현저히 줄어든다.

사람 사이도 호감을 사려고 의식하여 행동하는 사람보다 싫어하는 짓을 하지 않는 사람이 훨씬 호감을 사기 쉬운 법이다. 기본적으로 남이 나한테 하지 않았으면 하는 건 남들도 똑같이 그러하니까. 역지사지가 관계의 원리이므로.

흔들리지 않게 중심을 잡는 것도 중요하지만, 흔들릴 만한 일을 애초에 줄이는 것이 현명하다. 안 좋은 일은 자신으로부터 출발하는 것이 의외로 많으니까.

멘탈이 흔들릴 때
붙잡는 법

내가 원하는 모습이 되자.

언제 어느 때나 내 속엔 내가 되고 싶은 모습이 있다. 자기 내면에 귀를 기울이고 자신의 목소리를 들어야 한다. 일상이 피곤하고 지칠수록 내가 원했던 모습과 멀어지고, 내면의 목소리를 외면하기 쉽다. 조금만 용기를 내길. 되고 싶은 모습으로 살아야 미련이 없다.

중요한 것부터 집중하자.

쓸데없는 일에 정신이 팔리고, 일어나지 않을 일을 걱정하느라 집중력이 크게 떨어진다. 저도 모르게 귀한 하루를 버리는 것이다. 이럴 때는 할 일 중에서 가장 중요한 일을 딱 하나만 정하고, 그 외엔 아무것도 하지 않는 연습이 필요하다. 이 방식이 몸에 익을수록 집중력이 높아진다.

평소에 멋있다고 생각한 그대로 행동하자.

혼란스러울 때는 기준을 단순화할 필요가 있다. 내가 멋있다고 생각한 것이면 하고, 멋없다고 생각이 들면 하지 않는다. 머리가 복잡할 땐 단순하고 과감한 결정이 도움이 된다.

삶이 정신없이 흔들리고, 마음이 마구 요동치는 순간은 누구에게나 찾아온다. 하지만 겁먹을 것 없다. 마음은 몇 번이라도 다잡을 수 있다.

사람답게

겨울철 홀로 잘못 핀 꽃처럼
혼자서 부는 휘파람 소리처럼
쓸쓸할 때

연극이 끝난 뒤 무대처럼
손님이 떠난 텅 빈 거실처럼
적막할 때

어딘가 기대고 싶은 나도
어리광 부리고 싶은 나도
사람이라서

외로이 지내지만
외롭긴 싫으니까
그야말로 사람답게 살았다.

스트레스를 없애는 ────
마법의 말투

하나, 그런가 보다.

"누가 문제를 일으켰대", "사건과 사고를 쳤대", "땅이랑 집을 샀는데 크게 올랐대", "코인하고 주식이 대박났대." 이런 말을 들으면 괜히 동요하는 게 사람이다. 단순히 동요로 그치지 않고, 마음이 불편해지고, 자격지심, 시기심이 생기기도 한다. 그럴 때 동요를 잠재우는 마법의 한마디. "아, 그런가 보다." 무심하고 덤덤한 태도가 인생을 편안하게 한다. 중요한 건 내 인생이다.

둘, 나도 너 싫어.

나를 싫어하는 인간한테 나만 좋은 사람이 될 필요는 없다. 똑같이 싫어하고 치우면 된다. 누가 날 싫어하고, 뒷담화하고, 욕할 때 마음이 진정되는 마법의 말, "응, 나도 너 싫어." 싫은 인간이 하는 말은 무슨 말을 해도 중요하지 않게 들린다. 중요하지 않으니, 뭐라고 떠들든 같잖다. 그 인간은 더러워서 피하는 똥이 되는 것이다.

셋, 오히려 좋아.

상황을 되돌릴 수 없다면 기왕 이렇게 된 거 좋은 면을 보면 된다. 좋지 않은 것만 생각하고 자책하고 자학하느니, "오히려 좋아." 긍정적인 한마디로 마음을 편하게 먹는 것이 인생에 훨씬 유리하다.

세상사에 모든 것은 마음먹기에 달렸다. 자신이 마음먹은 대로 길이 생기는 건 불변의 법칙이다. 사소한 말투로 막막한 길을 열어가는 재미를 느껴보길. 말투의 변화가 인생의 변화로 이어진다.

여유 있는 사람들의 비밀 4가지

첫째, 남 일에 참견하지 않는다.

오지랖이 거의 없는 편이다. 쓸데없이 타인에게 신경 쓰고, 간섭하는 행위가 자신의 정신과 시간을 소모하는 일이란 것을 알고 있다.

둘째, 미루지 않는다.

오늘 해야 할 일을 내일로 미루지 않고, 항상 바로바로 처리한다. 즉시 처리하고 할 일이 쌓이지 않으니 시간적 여유가 자연스레 생긴다.

셋째, 정중하게 거절한다.

마음이 내키지 않는 일이나, 요청, 부탁을 거절할 줄 안다. 상대의 기분이 상하지 않게 사정을 충분히 설명하고 정중히 거절한다.

넷째, 분담, 위임할 줄 안다.

혼자서 모든 일처리를 하려고 하지 않는다. 완벽주의 성향일수록 혼자 모든 걸 다하려는 경우가 많다. 그래서는 금세 지치고, 효율도 크게 떨어진다. 결국엔 분담과 위임이 필요하다는 사실을 이해하고 있다.

여유는 쓸데없는 소모를 없애야 생긴다. 물리적으로 여유가 없는데 심적으로 여유 있게 살려고 해봐야 한계가 있다. 중요한 것, 원하는 것에 집중하고, 불필요한 것을 줄이고 쳐내야 한다. 그렇게 생기는 여유로 마음의 공간이 넓어지고, 이해와 사고의 폭이 커진다. 인간은 본능적으로 옹졸한 사람을 싫어한다. 그래서 반대로 마음이 넓고 여유 있는 모습은 그 사람의 매력을 돋보이게 하는 치명적 요소가 된다.

몸이 쉬라고 보내는 신호 9가지

1. 뭘 해도 즐겁지 않다.
2. 만사가 귀찮다.
3. 아침마다 일어나는 게 짜증이 난다.
4. 목, 어깨, 등, 허리 중에 둔탁한 통증이 있다.
5. 작은 고민에도 깊이 빠진다.
6. 끼니를 거르거나, 폭식한다.
7. 쉬는 게 불안하다.
8. 자꾸만 눕고 싶다.
9. 소변의 색이나 냄새가 특이하다.

위 증상 중에서 3개 이상 해당한다면 더는 무리하면 안 된다고 몸이 적신호를 보내는 상태다. 인간도 생물에 불과하고, 모든 생물은 생체 리듬이 있다.

생체 리듬이 망가졌는데 정신력으로 극복하는 건 처방이 맞지 않는 일이다. 제아무리 멘탈이 뛰어나고, 대단한 사람이어도 한 번씩 슬럼프를 겪게 되는 이유다.

슬럼프는 의외로 몸을 쉬게 하지 않아서 오는 경우가 많다. 이런 경우는 아무런 생각 없이, 아무것도 하지 않는 시간을 가지고, 차분히 몸과 마음을 재정비하는 것으로 슬럼프를 극복할 수 있다.

충분히 쉬어도 된다. 그만큼 컨디션이 망가진 건 실은 그동안 누구보다 열심히 살았다는 증거니까.

아침이 피곤할 때
제대로 쉬는 법

　분명 피곤해서 잠들었는데 아침에 일어나는 것이 더 피곤하다. 자고 일어나면 피로가 풀려야 정상이지 않은가. 생각보다 훨씬 비정상적 삶을 살고 있나 보다.

　피로를 풀려면 몸이 편안해야 하는 것이 첫째고, 둘째로는 마음이 편해야 한다. 이 두 가지가 충족하지 않는 한 아무리 쉬어도 피로는 풀리지 않는다.

　불편하게 쉬는 건 그저 게으른 것과 닮았다. 아무것도 하기 싫어서 할 일을 잔뜩 쌓아놓고, 온종일 누워 나태하게 빈둥댄 적이 있다. 이러면 마음은 좀 불편해도 몸은 일, 운동, 공부 따위를 하지 않았으니 분명히 쉰 것이어야 했다.

한데 아니더라. 피로가 풀리긴커녕 다음 날 더욱 머리가 무겁고, 허리와 등이 쑤셨다. 온종일 누워만 있느라 허리에 무리가 간 것이고, 폰만 쥐고 있느라 등에 근육통이 생긴 것이다. 그뿐만 아니라, 돌을 얹은 것처럼 두뇌 회전이 둔탁했다.

반면 본격적으로 쉬려고 마음먹은 날은 미뤘던 청소와 빨래도 하고, 가벼운 운동도 하고, 가보지 못한 곳도 가고, 먹고 싶은 음식도 먹으면서 활기찬 하루를 보냈다.

이렇게 쉬고 난 다음 날은 몸 상태가 가볍고 상쾌했다. 이처럼 제대로 쉬려면 마음을 편안하게 먹고, 몸을 생기 있게 움직이는 것이 중요하다.

가슴에 박힌 못

　그동안 못 박힌 마음의 상처를 뽑아보면 헤아리기 힘든 수가 수북이 쌓일 것이다. 못처럼 차가운 금속을 참 많이도 박음질 당하며 사는구나.

　상처를 치료하기 위해서 마음에 박혀있던 못을 뽑으면 그 자리에는 구멍이 남는다. 작은 구멍이야 세월이 흐르면서 자연히 아문다.

　다만 큰 상처는 구멍도 너무 커서 시간이 아무리 지나도 메워지지 않는다. 큰 구멍에선 지독한 감정이 새어 나온다.

　고통, 원망, 미련, 후회. 그 깊고 어두운 구멍에서

새어 나오는 감정이 일상을 망가뜨린다. 증상이 심해지면 정신까지 무너지기도 한다.

이는 감정이 아니라, 통증의 영역이라서 그렇다. 혼자선 도저히 견딜 수 없는 큰 구멍 때문에 건강에 좋지도 않은 술을 매일 마신다. 먹기 싫은 약을 의무처럼 매일 삼켜야 하기도 한다. 그래야 조금이라도 달랠 수 있으니까.

무너지는 것보다 더 큰 문제는 지탱하는 게 아무것도 없을 때다. 많은 것이 무너지더라도 지탱할 만한 사람, 의미 있는 존재, 힘이 되는 무언가가 있다면 그래도 살만하다.

그마저 없을 때 하루하루가 지옥 같다. 잠에서 깨는 것이 절망에 지나지 않으니까. 아주 작아도 좋으니 삶의 지지대를, 마음의 비빌 언덕을 필사적으로 찾아야 하는 이유다.

근심을 녹이는 온기 ————

✈

　씩씩하게 하루를 살아가지만, 마음에 그늘이 진 구석이 있다. 저마다 가슴에 스민 말 못할 사연. 가장 가까운 사람에게도 털어놓지 못하는 근심거리. 깊숙이 자리한 그 근심을 함부로 내비치지 않기 위해서 단단한 껍데기로 감싼다.

　껍데기가 단단할수록 마음속에 돌덩이를 하나 품고 사는 것 같다. 돌덩이는 타인으로 인해 생기기도 하지만, 반대의 경우도 있다. 귀한 인연이 다가와 품고 있던 돌덩이를 허무는 경우 말이다.

　돌덩이를 허무는 방법은 근심거리를 제거하는 것이 아니었다. 나를 소중하게 대하는 사람. 조건 없이 응원하는 사람. 진심으로 곁에 자리를 내어

주는 사람. 이러한 맹목적 사랑이 돌덩이를 녹였다.

　　그동안 몰랐지만, 마음의 돌덩이는 얼음처럼 차가운 성질을 지닌 것이었고, 따뜻한 관심이 이를 녹여서 허무는 것이었다. 필요한 건 문제 해결이 아니라, 온기였다.

　　근심거리가 꼭 해결되지 않아도 얼마든지 살아갈 수 있는 이유다. 차갑고 무정한 세상이지만, 당신을 응원하는 사람이 있다.

　　마음속의 얼음덩이가 녹길 바라며, 어제도 오늘도 내일도 따스한 시선으로 바라보는 사람이 있다. 적어도 그대를 보는 내가 그렇다.

그토록 아팠던 이유

겨우내 아팠다
한 계절이 갔고
한 계절을 더 아파했다

그러다 날 닮은 널 만났다
너를 보고 알았다
내가 왜 아파야 했는지

똑같이 아파하는 너를 알아보라고
똑같이 상처받은 너를 안아 주라고
혼자 아프지 말고 둘이 기대어 살라고

그래서 그토록 아팠구나
너를 만나 다행이다.

사람은 사람을 모른다 ————

✈

　사람은 자신을 모른다. 자기 머리에 난 머리카락의 개수조차 모르는 채로 평생을 사는 것이 사람이다. 온몸에 털의 개수가 몇 갠지. 점의 개수가 몇 개인지. 원치 않는 신체 부위에 털은 어쩌자고 나는 건지.

　점은 뭐 때문에 특정 위치에 난 건지. 여드름이 났는데 원인과 역할은 무언지. 책에 실린 것이 아닌 나의 오장육부는 어떻게 생겼는지. 핏줄은 어디까지 몇 가닥이 뻗어있는지.

　심장은 살면서 몇 번을 뛰는지. 원치 않아도 손발톱은 왜 계속 자라는지. 일생에 필요한 치아는 어릴 적에 한 번만 다시 나고 어째서 더는 안 나는지. 왜 내 의지와 다르게 외모와 피부와 골격이 멋대로 결정되는지.

허리 통증이 심해서 병원을 찾은 적이 있다. 허리가 아픈 줄로만 알았다. 그런데 진단 결과 등 근육에 무리가 가서 그것이 타고 내려와 허리가 아픈 것이었다.

아픈 것조차 어디가 아픈 것인지 정확히 모르며, 그마저도 심각하게 아파야 병원에 가서 원인을 알게 된다. 평생 몸을 쓰면서 살지만, 아는 것이 거의 없다.

마음과 기분도 그렇다. 살면서 수없이 겪어봐야 조금씩 알게 되는 것이 자신의 감정이다. 하물며 타인에 관한 것을 어찌 알겠나. 남을 다 안다고 생각하는 건 사리에 어두운 착오에 불과하다. 매우 작은 일면밖에 모르면서 자신이 보고 싶은 대로 보고, 믿고 싶은 대로 믿을 뿐이다.

인정하는 사람이 ——— 평화롭다

인정할 줄 아는 사람이 평화를 얻는다. 사람이 무엇을 인정한다는 것이 이렇게 어려운 일인지 몰랐다. 상대와 다름을 인정하는 것. 자신의 아집을 인정하는 것. 모자람과 부족함을 인정하는 것. 변했다는 사실을 인정하는 것.

과거에는 신념을 가지고 꺾이지 않는 사람이 멋있어 보였다. 직접 겪어보니 그러한 신념은 좋게 작용하는 경우는 드물었고, 좋지 않은 아집으로 변질하는 경우가 압도적으로 많았다.

오히려 유연한 사람이 주위 사람과 평화롭게 지내더라. 상대와 다르다는 것을 인정하기에 이해의 폭이 넓다. 쓸데없는 고집이 주위 사람을 괴롭힌다는 걸 인정하고 버릴 줄 안다.

자신이 모자라고 부족하다는 사실을 인정하기
에 노력한다. 태도가 점점 변해간다는 점을 인정하
고 초심으로 돌아올 줄 안다.

이처럼 관계에서 인정하는 행위는 매우 중요하
다. 하지만 말처럼 실천이 쉽지 않다. 평화롭지 못
한 사이를 보면 열에 아홉은 서로가 인정할 줄 모
르는 사람끼리 만난 경우다.

수많은 관계가 어느 한쪽의 희생으로 겨우 유
지되는 이유다. 인정할 줄 아는 태도야말로 모든
관계에 있어서 평화의 주춧돌이 된다.

자기 계발의 함정 ————————

자기 계발이 좋아서 수개월간 관련 서적을 찾아서 본 적이 있다. 동기 부여, 발전한다는 느낌, 뭐든 할 수 있을 것 같다는 희망이 기분을 좋게 만들었기 때문이다.

그렇다면 그 몇 개월이란 시간과 비용을 투자하고 나는 바뀌었을까. 자기 계발의 관련 지식을 학습하는 것은 결국 자신을 바꾸기 위함이다. 그 점이 핵심이니 짚어 볼 필요가 있었다.

결과는 바뀐 것이 없었다. 관련 지식이 늘어났을 뿐, 안타깝게도 현실은 여전했고 냉정했다. 하루를 대하는 태도, 먹고 자는 패턴, 일하고 소비하는 일상, 가진 재산, 경제적 위치, 사회적 지위에 실질적인 변화는 없었다. 배우고 깨달아도 실천하지 않았으니까.

관련 지식을 내 것으로 만들고 동기 부여로 삼는 것은 유익한 일이다. 그러나 그것이 의미가 있으려면 실질적으로 변화해야 한다. 그렇지 않고서야 무의미한 재화 낭비가 될 뿐이다. 유의미해지려면 삶에 집요하게 적용하는 것만이 유일한 방법이다.

그럼에도 적용하지 않은 이유는 귀찮아서, 나태해서, 게을러서, 하기 싫어서, 미뤄서, 두려워서, 겁이 나서, 믿지 못해서였다. 언제까지 변화 없는 자기 계발만 좇으며 살 것인가. 작은 실천을 미루지 않고 지금 하는 것. 이것을 먼저 하지 않으면 한 발짝도 나아갈 수 없다.

최고의 자기 계발은 실천이다.

홀쩍 떠나고 싶을 때 ————

어디론가 홀쩍 떠나고 싶다. 목적지가 어디든 중요하지 않다. 중요한 것은 지치고 답답한 마음이 한계에 가깝다는 거다.

견디기 힘들 정도로 복잡한 심경인데 구구절절 설명하기도 싫고 지금의 일상에선 달랠 길이 없으니 며칠만이라도 떠나 쉬고 싶은 거다. 휴일이 있을 뿐, 쉼은 없어진 요즘이기에.

하나 떠나고 싶은 마음과 달리, 당장 멀리 여행을 떠나기란 녹록지 않다. 사정이 나빠 돈과 시간이 여의치 않기 때문이다.

이럴 땐 가깝고 작은 일상의 여행지를 찾아야 한다. 동네 뒷산에 오르는 것도, 길게 늘어선 가로수길을 걷는 것도, 가까운 호수의 둘레길을 산책하는 것도, 조용한 시립 도서관을 찾는 것도 좋다.

비록 근사한 여행지는 아닐지라도 기분 전환을 돕는다. 여행의 근본적인 목적은 기분 전환이다. 집과 직장에서 벗어나 발걸음을 조금 옮겼을 뿐인데 답답한 기분과 생각을 환기시켜 주는 훌륭한 여행이 되는 셈이다.

가깝고 작지만, 훌륭한 나만의 여행지. 이를 주변에서 찾는 것도 삶의 한 페이지를 어질게 채우는 비결이다.

가급적 빨리 퇴사해야 ——— 하는 신호 5가지

1. 출근 전날 우울하다.

입사 초기처럼 직장이 설레거나, 일이 흥미롭지 않고, 단순히 일하기 싫은 상태를 넘어 이제는 우울하기까지 하다.

2. 내일이 오지 않길 바란다.

내일이 두렵게 느껴진다. 회사에서 또 보게 될 인간, 쳇바퀴처럼 반복되는 업무, 일하며 받게 될 스트레스를 생각하면 끔찍하다.

3. 긍정이 와닿지 않는다.

어떠한 긍정적 위로와 말도 가슴에 와닿지 않는다. 설사 와닿아도 그때 잠깐이다. 예민하고 불안한 상태가 긍정을 부정하게 만든다.

4. 무기력하다.

쥐어 짜낼 에너지조차 더는 남아있지 않은 느낌이 오래도록 계속된다. 깊은 늪에 빠진 것 같다.

5. 술에 의지하거나, 폭식하게 된다.

속에 뭐라도 채워 넣어야 공허함이 덜해서 자꾸만 배달 음식을 왕창 먹거나, 술을 진탕 마시고 취한다.

오랜 시간을 무리하면 나타나는 몸의 증상들이다. 이럴 때는 쉬어 줘야 한다. 그럼에도 퇴사하고 나면 먹고살 길이 막막해서 섣불리 퇴사하지 못한다. 대신 육체와 정신을 갈아 넣으며 버티게 된다. 기억하자. 일과 직장은 결코 나보다 우선일 수 없다. 나를 희생하고, 내 몸이 망가져 가며 해야 할 일은 세상 어디에도 없다.

고통은 아프니까 ——— 고통이다

고통은 견딜 수 없으니 고통이다. 발을 문지방에 찧었을 때, 그 통증이 참아지던가. 축구나 농구처럼 신체가 부딪히는 운동을 하다가 급소에 잘못 맞았을 때, 덮쳐오는 고통을 견딜 수 있던가.

불가능하다. 냉정하게 최대한 아무렇지 않은 척해도 아픔은 집요하게 사람을 파고들어 견딜 수 없게 만든다. 얼굴이 일그러지고, 온몸이 뒤틀리고, 비명과 신음이 터져 나온다.

마음의 상처도 똑같다. 얕은 상처쯤 견딜 만하다. 아파도 참고 웃으면서 넘길 수 있다. 그러나 깊은 상처는 그러고 싶어도 그럴 수 없다.

깊은 상처를 줄 만큼 충격적인 일은 교통사고와 같다. 교통사고는 생명을 잃을 정도로 위험하다. 가까스로 목숨을 건지더라도 심각하게 다치는 경우가 많다.

전치 몇 주, 몇 개월, 아니 평생 불구로 살아야 할 수도 있다. 마음이 다치는 것도 그런 것이다. 일어난 일이 심각할수록 상처는 깊고 고통스러워서 견딜 수 없다.

본래 참고 견딜 수 없는 것을 억지로 참고 견뎌내려고 하니 탈이 나는 것이다. 울고불고 괜찮지 않다고 비명을 지르고 속에 있는 것들을 쏟아내야 한다. 그게 나를 살리는 행위다.

삶은 고통이고, 고통을 이해해야 인생을 이해한다.

사람 사이는
마음의 거리가 전부다

사람 사이는 마음의 거리가 전부다. 서울과 부산에 멀리 떨어진 장거리 연애도 사랑하면 문제가 되지 않는다. 왕복 8시간이 걸려도 잠깐을 보기 위해 그 먼 거리를 감수한다.

물리적 거리가 아무리 멀어도 매일 보고 싶어한다. 서로 사랑하니까. 반면 같은 동네라서 15분 내외면 충분히 만나는데도 그 짧은 거리조차 감수하기 싫은 사람도 있다.

아는 사이긴 하지만, 그다지 친하지도 않고 별로 마음이 없으니, 아주 가까운 거리라도 귀찮고 번거롭게 느껴진다. 이 핑계 저 핑계로 다음에 보자며 미루다가 끝내 만나지는 않는다.

사실상 사람 사이의 거리는 물리적으로 결정되는 것이 아니라, 심적으로 결정되는 셈이다. 마음의 거리가 가까운 사람이 가장 가까운 사람이다.

　처음에는 가까웠는데 갈수록 나를 뒷전으로 미루는 사람은 마음의 거리가 점점 멀어지고 있다는 소리다. 이런 상대에겐 한동안 먼저 다가가려고 노력해야 한다. 말하지 못하는 사정이 있을 수 있으니까.

　다만 충분히 노력했는데도 거리가 좁혀지지 않는다면, 그때부턴 나도 마음의 거리를 두어야 한다. 안타까운 일이지만, 그와의 인연은 거기까지다.

시든 꽃

물티슈 뚜껑을
까먹고 닫지 않았더니
바싹 말라 버렸다

화분에 물 주는 것을
한동안 잊었더니
노랗게 시들어 버렸다

까먹고 잊은 것은
작은 관심조차 없어서

관심이 없자
얼마 못 가 마른다
사랑도 인연도
폭삭 시든다.

담백한 이별은 없다 ————————

이별이 성숙하고 담백할 수 있을까. 어느 한쪽이 마음이 떠나면 이별은 지저분해진다. 그도 그럴 것이 남은 한쪽은 이별을 받아들일 준비조차 되지 않았기 때문이다.

사랑은 양쪽이 원해야 이루어지지만, 이별은 한쪽만 원해도 일어난다. 이런 불균형이 지저분한 결과를 낳는다.

마음이 남은 사람은 마음이 떠난 사람에게 매달리게 된다. 정에 호소하고, 논리적으로 항의하고, 감정적으로 붙잡으려 애쓴다.

이 과정에서 자존심, 자존감, 믿음, 그렸던 미래 등 많은 것이 무너져 내린다. 수시로 통증을 느낄 만큼 마음이 아픈 상태는 기본이다.

이런 상태인 사람에게 성숙과 담백함마저 요구하는 것은 가혹한 일이다. 물론 예외는 있다. 서로 애정이 식어 버리고 권태로워 헤어지는 연인은 이별이 깨끗하다. 서로 싫증이 날 만큼 난 상태라 가능한 일이다.

그런 예외가 아니라면 찌질하고, 비굴하고, 처절한 모습이 이별의 본모습이다. 그럼에도 불구하고 결국 받아들여야 한다. 떠난 사람의 마음은 더 이상 어쩔 수 있는 범주가 아니니까. 그런 상태를 이별이라고 부르니까.

사랑의 반대말은 증오가 아니다

사랑의 반대말은 증오가 아니었다. 증오는 오히려 사랑과 닮았다. 사랑하면 증오는 자연스레 따라오는 동전의 양면과 같은 것. 그래서 애증이라고 부른다.

사랑의 반대말은 무얼까. 고민해 보니 '놓음'이었다. 놓으면 멀어진다. 더는 마음이 가지 않는다. 무관심하다. 결국 이별한다.

한 사람에게 마음이 가고, 관심을 가지고, 궁금해하고, 사소한 것을 챙기고, 눈이 따라가고, 손으로 만지고, 입으로 숨결을 전하는 일련의 과정이 사랑이라면 이 모든 걸 놓음으로써 사랑이 끝난다.

이만 놓고 싶은 사람이 있다면, 몸은 가까이에 있어도 마음은 이미 그 사람을 놓았다면, 그 사랑은 끝난 것이다. 더는 사랑이 아니다. 의무, 책임, 미련, 속박, 체면 같은 것이다.

테레사 수녀는 1979년에 "사랑의 반대말은 미움이 아니라, 무관심"이란 세기의 명언을 남겼다. 그녀는 이미 알고 있었던 것이다. 사랑의 반대 행위가 놓음으로써 시작한다는 것을.

사랑했던 사람이, 자주 붙잡았던 사람이, 이만 놓기 시작했다면 눈치채야 한다. 아주 위험한 마지막 신호라는 것을.

살면서 어렵게
깨닫는 진리

첫째, 인생에 정답은 없다.

빈손으로 태어났으니 살면서 경험한 모든 것이 내가 된다. 실패가 쌓여서 성공의 밑거름이 되고, 일찍 거둔 성공이 훗날 훨씬 더 크게 망하는 원인이 되기도 한다. 인생은 정답이 없고, 선택이 있을 뿐이다.

둘째, 세상에 공짜는 없다.

돈을 쓰지 않는다고 해서 공짜가 아니다. 인생의 유일한 자산은 시간이다. 돈도 시간을 바꾼 재화일 뿐. 무엇을 하든 시간을 쓴다면 가장 귀하고 값비싼 재화를 지불하고 있는 셈이다. 시간을 어떻게 쓰는지가 부자와 거지를 가른다.

셋째, 나에게 남 얘기를 하는 사람이 남에게 내 얘기를 하고 다닌다.

사람이라면 타인에 관한 얘기를 가끔씩 할 수도 있다. 누구나 그러므로 인간적인 면으로 볼 수 있다. 하지만 그 정도가 지나쳐서 습관적으로 하는 사람은 필히 걸러야 한다. 십중팔구 나에 관한 얘기도 남한테 쪼르르 달려가서 똑같이 하기 때문이다.

이러한 지혜는 쉽게 얻어지지 않는다. 인생을 직접 살면서 이리 부딪히고 저리 깨지며 스스로 터득하게 되는 진리다.

인생의 진리는 어떻게 활용하느냐, 어떻게 자기 인생에 적용하느냐에 따라 삶의 모양이나 형태가 크게 달라진다.

곁에 두면 행복해지는 ──────
사람 특이점

나를 좋아하는 사람을 곁에 둬야 행복해진다. 딱히 나를 좋아하지도 않는 사람을 곁에 두려고 애써 봐야 자신은 물론이고, 상대에게도 좋지 않다.

그 사람이 아무리 매력적이고, 끌리고, 느낌이 좋아도 정작 그가 날 좋아하지도 않고, 별 관심이 없으면 조금씩 자신감을 잃게 된다.

기분이 처지고, 눈치를 살피게 되고, 점점 신세가 처량해진다. 곁에 있는 사람의 무관심은 자존감이 낮아지는 커다란 요인이기 때문이다.

이는 연인 관계에만 국한된 것이 아니다. 친구, 가족, 직장 동료도 마찬가지다. 나를 그다지 좋아하지 않는 존재에게 애써 좋은 사람이 되려고 노력하지 않아도 된다.

나를 알아주고 좋아해 주는 사람은 생기기 마련이다. 그런 사람이 언제나 내 편이 되어 주고 자존감을 지켜 준다.

나를 힘들게 하고 자존감을 낮추는 사람을 멀리하길. 나를 좋아하고 자존감을 높여주는 사람을 곁에 두길. 당신 곁에 있는 사람은 당신에게 생각보다 훨씬 더 큰 영향을 끼치니까.

노력으로
별이 되는 사람

　별에 직접 가보지 못했다고 별이 없는 것이 아니듯, 노력했는데 결과를 보지 못했다고 노력이 의미 없는 것은 아니다.

　보지 못한 것을 의심하는 행위는 어찌 보면 합리적인 시선이다. 당장 눈앞에 보이지 않으니, 마치 없는 것처럼 느껴지니까. 결과가 눈에 보이지 않으면 3가지 문제점이 생긴다.

　1. 노력의 가치를 의심한다.
　2. 스스로 믿지 못한다.
　3. 중도에 쉽게 포기한다.

사람의 뇌는 즉각적 보상을 좋아하고, 장기적 보상을 싫어한다. 보상이 늦어질수록 불확실성이 커지기 때문이다. 불확실하면 심리적으로 불안감이 생길 수밖에 없다.

　과정은 길고 막막하다. 출구가 보이지 않는 깊은 터널을 오랜 시간 홀로 걷기란 쉽지 않다. 지금 뭐하고 있는 건지. 이 길이 맞는 것인지. 잘하는 것이 맞는지. 노력할 가치가 있는지. 여러 의구심에 휩싸인다. 그러니 중도에 포기하기 쉽다.

　이럴 때일수록 자신을 굳게 믿어야 한다. 노력은 어떤 형태로든 보상으로 반드시 돌아오는 특성이 있기 때문이다.

　노력하는 자신과 그 가치를 의심하지 말자. 지금의 노력이 훗날의 당신을 별처럼 빛나게 한다.

4부

지금 행복하다는
증거들

월요일을 여는 글 ─────────

제일 싫은 요일이라는 월요일이지만, 떠오르는 햇살처럼 힘찬 하루이길. 아침부터 눈 뜨기 괴롭지만, 타인을 바라보는 눈엔 온기를 머금기를. 추워서 만사가 귀찮지만, 마음은 부지런히 따뜻하길.

매서운 바람에 두 뺨이 에는 듯하지만, 소중한 이에게 건네는 손길은 부드럽길. 오늘도 이런 좋은 생각들이 일상의 틈새를 가득 메우는 날이길.

좋은 하루가 따로 있던가. 내가 좋은 감정과 좋은 행동을 선택하면 그것이 곧 좋은 하루가 된다. 좋은 사람은 특별히 친절하거나 요란한 격식을 갖춘 이가 아니라, 그저 좋은 생각을 많이 하는 사람임을.

선한 영향력이란 유달리 잘해주거나 공명정대한 올바름이 아니라, 그저 좋은 의도로 좋은 행동을 주변에 행하는 사람임. 이를 잊지 않는 그대가 선한 영향력을 끼치는 좋은 사람이다.

이처럼 좋은 생각과 좋은 행동을 했으니 좋은 하루로 이어지는 것은 이치에 맞다. 좋은 하루를 보낸 그대는 오늘도 참 잘 살았다. 하루를 붓 삼아 한 폭의 그림처럼 인생을 아름답게 그렸으니.

하루 만에 인생이 바뀌는 ——— 모닝 루틴

📖

첫째, 아침에 눈 뜨면 확언 3개만 따라 하기.
"오늘은 나에게 감사한 날이다."
"나는 날마다 점점 더 좋아진다."
"나는 갈수록 멋있는 사람이다."

둘째, 물 한 컵 마시기.
일어난 직후 마시는 적당한 온도의 물 한 컵은 장과 뇌를 건강하게 깨운다. 아침을 상쾌하게 여는 최고의 방법이다.

셋째, 단 2분 스트레칭.
고작 2분의 움직임으로 온몸 구석구석에 피가 돌고 몸이 예열하듯 활성화된다.

아침에 일어나면 보통 멍 때리거나, 일어나기 싫어서 다시 눈을 감고 아무 생각 없이 시간만 흘려보내기 쉽다. 특히 겨울에 추울수록 이불 밖은 위험하게 느껴질 정도로 괴롭다. 이런 식으로 꿈질대며 늑장을 부리다가 막상 늦으면 신경질을 부린다. 아침부터 짜증을 내고, 부정적 상태로 하루를 시작하면 그 상태가 하루 종일 이어진다.

반대로 하루의 시작부터 나의 감각을 깨우고, 긍정적 상태로 만들면 삶이 달라질 수밖에 없다. 무거웠던 아침이 설레는 아침으로 변하는 바로 이 순간이 가장 크게 인생이 변하는 마법과 같은 순간이다.

품위를 지키는 태도 7가지

📖

1. 기분이 태도가 되지 않는 것
2. 알지 못하는 걸 함부로 말하지 않는 것
3. 자격지심을 갖지 않는 것
4. 본질을 보려고 노력하는 것
5. 욕설, 비속어를 자제하는 것
6. 피해 의식에 찌들지 않는 것
7. 곧은 자세로 사는 것

사람은 사람으로 태어나 가져야 할 품위가 있다. 품위가 없으면 짐승과 다를 바 없기 때문이다. 열정, 끈기, 인내, 믿음과 같은 내면의 가치도 중요하지만, 태도에서 드러나는 사람의 가치 역시 중요하다.

자신을 포함하여 타인을 함부로 대하는 사람은 누구에게도 존중받지 못한다. 반면 태도로 쌓아 올린 품위는 결코 쉽게 무너지는 법이 없고, 남다른 매력이 된다. 기품이 느껴질 정도이니 주위 사람들이 존중하고 나아가 존경하게 된다.

남들한테 만만하게 보이지 않고, 존중 그리고 존경까지 받는 방법은 자신의 태도로 스스로 가치를 높이면 되는 단순한 문제다.

그 사람의 인성을 ─────
알아보는 4가지 방법

📖

1. 운전

운전은 신호, 상습 정체, 끼어들기 등으로 인해 자기 마음대로 상황이 통제되지 않는다. 자주 돌발 상황이 발생한다는 말이다. 인간의 본성은 돌발 상황에서 드러난다. 운전하다 보면 누구나 짜증을 낼 수 있지만, 상대에게 온갖 쌍욕부터 보복 운전, 협박까지 하는 경우가 있으니 유심히 살펴봐야 한다.

2. 술버릇

술에 취하면 그 사람의 본성이 적나라하게 드러나는 법이다. 특히 폭력적인 사람은 취할수록 소리를 지르고, 물건을 부수고, 타인과 쉽사리 시비가 붙고, 사람을 때리는 등 공격적 성향이 나타난다. 이런 폭력은 결국 나와 가족을 향하므로 반드시 걸러야 할 대상이다.

　3. 주변 지인
　사람은 끼리끼리 만난다. 그 사람이 자주 만나는 지인의 수준이 정확히 그 사람의 수준과 일치한다.

　4. 문제 발생 시
　문제를 남의 탓으로 돌리는지 아니면 책임을 지려고 하는지 이 점만 보아도 그 사람의 인성과 책임감을 쉽게 간파할 수 있다.

　관계의 초기에는 잘해 주다가 나중에 변하는 사람을 보면 마음이 식은 경우보다, 본래 인성이 나쁜 인간인데 이를 숨기고 접근하여 시간이 지나 본성을 드러내는 경우가 많다. 최악의 관계를 미리 알아보고 걸러야 인생이 꼬이지 않는다.

사랑받고 자란 사람은 ─────
티가 난다

📖

첫째, 대화가 편하다.

성별, 나이 차이와 무관하게 누구와도 편안한 대화가 된다. 말하는 것에 거리낌이나 어색함이 없다.

둘째, 언행에 여유가 묻어난다.

조급하게 행동하지 않고 쫓기듯 말하지 않는다. 매사가 여유롭다.

셋째, 입체적으로 볼 줄 안다.

상대의 입장도 생각한다. 상황을 여러 관점으로 보고 다양한 각도로 해석한다.

넷째, 베풀고 나눈다.

사랑받고 자라서 나눔을 안다. 자기 것만 챙기지 않고 이득이 생기면 나눈다. 가진 게 많지 않아도 베푼다.

다섯째, 자신감이 있다.

기죽는 법이 잘 없다. 자신감이 충만해서 누구에게나 당당하고 자신을 믿는다.

어릴 때 사랑을 듬뿍 받고 자라는 것은 '자존감 영재교육'을 받는 셈이다. 이처럼 자존감 형성은 가정환경이 중요하지만, 성인도 자발적 노력으로 얼마든지 자존감을 높일 수 있다.

자존감은 특별한 게 아니다. 내가 나를 존중하는 마음이다. 스스로 좋아하는 것을 하나씩 찾고, 깨닫고, 느끼고, 자신에게 집중하는 시간을 가질수록 서서히 높아진다.

모든 결정은 감정과 별개로 해야 한다

📖

　모든 결정은 감정이 식은 후에 내려야 한다. 화가 났을 때, 극도로 불안할 때, 심각하게 슬플 때, 우울해서 죽고 싶을 때. 사람은 감정적으로 판단하고 무모한 결정을 내리기 쉽다.

　마찬가지로 즐겁고 신이 날 때, 기분이 좋아서 또는 고마움, 감사한 마음에 사로잡혀 내리는 결정 또한 시간이 지나 크게 후회할 수 있다.

　이처럼 결정할 때의 감정이 좋은 감정인지, 나쁜 감정인지는 별로 중요하지 않다. 감정이 격양된 상태에서는 올바른 결정을 할 수 없다는 사실이 중요하다.

이성적 판단이 마비되고, 감정에 치우쳐 뒷일을 생각하지 않기 때문이다. 후회할 일이 없도록 냉정하게 판단하려면 우선 차오른 감정부터 차분히 해소해야 한다.

충분한 시간을 가진 후, 장기적 관점으로 결정하는 습관을 들이는 것이 좋다. 섣불리 감정적으로 결정하는 버릇만 버려도 지금보다 훨씬 차분하고 이성적인 사람이 될 수 있다.

하늘

가진 것이 없을 때도
속이 텅 비었을 때도

하늘을 올려다 보면
하늘은 내 것이었다

하늘은 비웃지 않았고
바람에 경계가 없었고
구름이 여행을 다녔다

친구처럼 가족처럼
날 위로해 준 것은
늘 드높은 하늘이었다.

인생을 앞서가는 방법 ————

하나, 일단 하자.

안 하면 나중에 후회한다. 해도 후회할 수 있지만, 경험은 오직 해야만 생긴다. 그 경험이 모여서 인생을 밝힌다. 아무런 경험도 없는 사람이 인생을 잘 살 리 없다. 뭐든 경험한 것들이 이어져 성공의 밑바탕이 된다.

둘, 생각하며 하자.

생각하지 않고 하는 건 그저 시간 때우기다. 생각이 없으면 기계처럼 무한 반복할 뿐인 단순 노가다에 지나지 않는다. 이런 사람은 10년이 지나도 발전이 없다. 단 1개월을 하더라도 매번 생각하며 해야 한다. 어떻게 하면 더 잘할까. 어떻게 해야 나에게 도움이 될까. 매번 고민해야만 제대로 경험하고 빠르게 성장한다.

셋, 현실과 부정적인 것을 구분하자.

부정적인 생각은 그럴싸해서 현실적인 것처럼 혼동하기 쉽다. 일단 부정적이면 손해 보는 일을 방지하기 때문이다. 그러나 부정적인 생각은 지레짐작하고 겁먹은 패배자의 사고방식일 뿐. 현실과는 거리가 멀다. 현실은 있는 그대로가 현실이다. 과대망상을 하지 않고 진짜 현실을 볼 줄 알아야 한다.

하고, 생각하고, 구분하고. 이 셋만 잘해도 인생을 크게 앞서간다. 부와 인지도를 기준으로 상위에 속한 자들의 공통점이기도 하다.

대다수는 입으로 말만 하고, 행동하지 않으니, 하는 것만으로 앞서간다. 또 하더라도 생각하면서 하지 않고, 구분할 줄 모르니, 이마저 한다면 남들보다 크게 앞설 수밖에 없다.

배려심이 깊은 사람이 ───── 필요한 자세

📖

첫째, 자신을 먼저 생각해야 한다.

이를 이기적인 행동이나 뻔뻔한 태도로 아는데 그렇지 않다. 오히려 지금의 남을 우선하는 태도가 희생에 가깝다. 그러니 안심하길. 어떤 경우에도 당신이 우선이다. 먼저 자기 자신이 있어야 타인도 의미가 있고, 인간관계 역시 건강할 수 있다.

둘째, 참지 않아도 된다.

감정을 속으로 억눌러선 안 된다. 스트레스가 누적되면 병이 된다. 반복해서 혼자 화를 삭이다 보면 그게 습관으로 굳어진다. 혼자 삭이는 습관이 밴 자신을 보며 스스로 처량하니 더하여 스트레스를 받는다. 무조건 참을 필요 없다. 감정을 발산하는 것이 사람이다.

셋째, 좋은 사람에게만 좋은 사람이면 된다.

모든 사람에게 좋은 사람이 되려고 하는 건 일종의 병이다. '착한 사람 증후군'일 가능성이 크다. 타인의 평가에 휘둘리고 그에 맞춰 살 이유가 없다. 좋은 사람이 되지 않는다고 나쁜 사람이 되는 것이 아니다. 평범하고 일반적인 사람이 될 뿐이다.

배려심이 깊은 사람은 타인을 먼저 챙기다가 정작 자신은 뒷전이 되는 경우가 많다. 내가 좋아하지도 않는 사람, 나에게 도움이 되지 않는 사람, 그다지 의미가 없는 사람에게 나만 좋은 사람이 될 필요는 없다. 소수의 내 사람과 자기 자신에게 충실한 삶이야말로 알찬 인생이다.

꾸준함이 가장
중요하다

꾸준함이 가장 중요하다. 꾸준함이 가진 위력을 아는 사람은 의외로 많지 않다. 그동안 무언가를 꾸준히 해서 이룬 경험이 부족하기 때문이다. 도중에 질려서 관두거나, 먹고 살기 바빠서 미루다 보니 끝까지 해낸 경우를 찾기 어렵다.

처음 물방울이 바위에 떨어질 때, 바위가 뚫리리라 생각하는 사람은 아무도 없다. 불가능하니까. 단단하고 거대한 바위에 작은 액체인 물방울이 떨어지는 일 따위 아무것도 아니니까.

하지만 실제로 물방울이 계속 떨어지면 바위는 결국 뚫린다. 물방울이 반복해서 떨어지는 자리는 시간이 흐를수록 파이기 시작하고, 세월이 더 흐르면 어느새 구멍까지 뚫리게 된다.

도저히 불가능할 것 같은 일이 기적처럼 가능해지는 것이다. 오로지 한 곳에 집중하여 오랜 시간을 꾸준히 반복하면 일어나는 현상이다. 이 현상을 활용해야 한다. 꾸준함이 기적을 일으키는 현상은 대자연이 정한 약속이란 뜻이다.

특정 분야에 특출난 재능을 가졌음에도, 그 분야에 재능은 부족하지만 꾸준히 해온 사람을 이기지 못하는 경우를 수없이 목격했다.

목표, 꿈, 이루고 싶은 것 등 어떤 성취를 얻고 싶다면 꾸준히 반복해야 한다. 특별한 재능은 결코 평범한 꾸준함을 이길 수 없다.

좋은 게 좋은 거

좋은 게 좋은 거라는 말을 좋아하지 않았다. 대충 넘어가라는 말처럼 느껴졌고, 기분이 나쁜데 어떻게 좋게 넘어가라는 건지 의문이었기 때문이다. 주로 타인의 입에서 나오는 말이어서 괜한 반발심도 생겼다. 지나친 간섭처럼 들리기도 했으니까.

시간이 지나 이제서야 돌아보면 '그때 그냥 넘어갔더라면 좋았을걸…' 싶은 기억이 하나둘이 아니다. 잘잘못을 하나씩 따지다 보니, 감정싸움으로 크게 번져서 한동안 시간과 에너지를 쓸데없이 낭비했었다. 그로 인해 소중한 사람과의 진실한 대화를 잃은 적도 제법 있었다.

원인은 분명 작았다. 그 정도로 시간을 낭비할 일이 아니었고, 귀한 인연을 잃을 만한 일도 아니었다. 그 순간의 울분을 참지 못해서. 잠깐의 좋지 않은 기분이 영원할 것처럼 착각해서. 어리석은 선택을 한 것이다. 도리어 원만하게 넘어가는 것이 내가 손해 보지 않는 길이었고, 나 자신과 주변을 지키는 방법이었다.

그렇다고 무조건 참으라는 말은 아니다. 단지 따지기 전에 다시 한번 생각해 볼 가치는 충분하다. 긁어 부스럼을 만드는 짓이 될 수 있으니.

일부는 전부와 통한다 ─────

일부는 전부가 되기도 하고, 전부는 일부가 되기도 한다. 10년 동안 쌓은 관계도 돌이킬 수 없는 단 한 번의 잘못으로 무너진다. 아무리 큰 잘못이라도 정들었던 10년이란 시간에 비하면 극히 짧은 순간이다.

아주 작은 일부분에 불과한데 그 오랜 세월을 전부 무너뜨리는 것이다. 반대로 잠깐의 사소한 계기로 이 사람과 평생 함께하겠다고 결심하기도 한다. 작은 일부분이 전부가 되는 순간이다.

매일 같이 공부하고, 고민하고, 성실히 노력했는데 일부분이 어긋나서 시험에 떨어지거나, 면접에 탈락하거나, 시합에 패배하거나, 계약이 불발되기도 하고, 사업이 적자 나기도 한다. 일부 때문에 전부를 망친 것처럼 느껴진다. 그동안의 모든 노력이 무슨 소용인가 싶다.

하지만 성과를 낸 일도 자세히 보면 꾸준한 노력이 있었기에 이루어진 결과다. 하루하루라는 작은 일부에 충실했기에 수개월, 수년 후 좋은 결과가 나온 것이다. 그렇게 그동안의 시간이 전부 보상받는다.

나무의 일부에 불과한 열매 씨앗이 심어져 다시 온전한 나무로 자라듯이 일부와 전부는 이어져 있다. 이 원리를 이해하고 있으면 조급할 필요도, 좌절할 필요도 없게 된다.

내려놓아야 편해지고
기분이 나아진다

실망을 줄이려면 기대를 내려놓으면 된다.
상처를 줄이려면 집착을 내려놓으면 된다.
불안을 줄이려면 의심을 내려놓으면 된다.
걱정을 줄이려면 망상을 내려놓으면 된다.

사람이 사는 동안에 겪는 실망, 상처, 불안, 걱정
과 같은 부정적 감정들을 완전히 없애지는 못한다.
다만 줄이는 것은 가능하다.

현실적으로 줄이는 방법은 마치 죽을 각오처럼
굳세게 마음먹고 필사적인 노력을 하는 그런 어려
운 방식이 아니다.

그저 현재 내가 지나치게 붙잡고 있는 것, 과하게 몰입하고 있는 것을 내려놓고 흘려보내면 된다. 감정에 매몰된 자신을 스스로 인지하고, 담담한 마음가짐으로 살짝 발을 들어 한 발짝 뒤로 물러서는 것이다.

그랬을 때 비로소 무거웠던 생각과 마음이 조금씩 가벼워지고, 어지러이 꼬여있던 고민이 하나씩 풀리기 시작한다.

사이가 깊어질수록 ——
보물인 사람

하나, 약속 시간을 지키는 사람

가까운 사이일수록 시간 약속은 아주 사소한 것처럼 여길 수 있다. 약속한 시각에 늦더라도 웬만하면 사정을 이해해 주고, 별말 없이 넘어가니까. 원래 사소한 것을 지키는 게 훨씬 어려운 법이다. 평소에 상대를 향한 배려와 존중이 밑바탕에 깔려 있어야 하므로.

둘, 먼저 챙길 줄 아는 사람

생일, 기념일 뿐만이 아니라, 특별한 이유가 없어도 나에게 먼저 연락하는 사람이 있다. 각자 바빠서 한동안 연락이 뜸했다가도 잊을 만하면 연락이 오고 챙겨 주니 뭉클할 만큼 반갑다.

셋, 작은 것을 기억하는 사람

선호하는 것과 불호인 것을 지나가듯 얘기했는데 이를 기억해 두었다가 싫어하는 것을 피한다. 좋아하는 것을 유심히 기억했다가 생일이나 기념일에 선물한다. 이런 모습에서 나를 향한 관심의 깊이가 남달리 깊다는 점을 알게 된다.

사소해 보이지만, 나부터도 타인에게 먼저 지키는 일이 말처럼 쉽지 않은 것들이다. 갈수록 어른의 사정이 생기고 힘든 일상에 부딪히며 살기에.

각자 사정은 모두가 비슷한데 그 와중에 먼저 사소한 것을 챙긴다는 건 남다른 온기를 품은 사람이라서다. 귀한 사람이니 마땅히 더 귀히 대해야 한다.

그땐 몰랐지
네 마음을 아프게 하면
내 마음이 훗날 더 아픈 것을

그땐 몰랐지
너에게 표현하지 않으면
나에게 솔직하지 못한 것을

잡아서 두는 것이 아니고
끌리게 두는 것임을
그때는 몰랐지

모르는 것도 참 많았구나
여전히 모르는 것 투성인데
적어도 널 알면 좋았을 텐데.

놓치면 안 되는
좋은 사람

📖

1. 매사에 간절한 사람
2. 무엇이든 진심인 사람
3. 힘이 되는 사람
4. 신의를 지키는 사람
5. 남을 배려하는 사람
6. 다정하게 말하는 사람
7. 태도를 쉽게 바꾸지 않는 사람

갈대처럼 사는 모습이 어쩌면 가장 인간적인 모습일지도 모른다. 이리 흔들리고 저리 흔들리면서 쉬이 마음을 바꾸고, 변명하듯 말을 바꾸고, 언제 그랬냐는 듯 태도를 바꾼다.

평범한 사람의 인간적인 모습이지만, 좋은 사람이 되려면 흔들리지 않으려는 노력도 필요하다. 부족하고 흔들리는 것은 인간이라 당연한 일이니, 이를 자책하고 비하하고 주저앉기보다 매사에 간절함을 가지는 것이 좋다.

매사에 간절한 사람은 언제나 진심일 수밖에 없다. 진심인 사람은 쉽게 흔들리지 않는다. 쉽게 흔들리지 않으니, 태도를 쉽사리 바꾸지 않는다. 그것이 나아가 신의를 지키고, 남을 배려하게 되고, 누군가에게 힘이 된다.

사람은 누구나 간절할 수 있다.
진심을 다하는 좋은 사람이 될 수 있다.

인생을 안전하게 ———
지키는 방법 3가지

📖

첫째, 귀한 사람을 존중한다.

가장 가깝고 귀한 사람을 존중하는 것은 내 인생을 존중하는 것과 같다. 인생은 나에게 의미 있고 소중한 사람과 함께 보내는 시간으로 채워지기 때문이다. 그들을 대하는 순간의 모음이 결국은 나의 인생이기에.

둘째, 해선 안 될 짓을 하지 않는다.

스스로 '이건 아닌 거 같은데' 이런 생각이 든다면 그것은 어떤 이유라도 하면 안 된다. 비단 범죄뿐만이 아니라, 해서는 안 될 짓을 하면 양심의 가책을 가지게 되고, 자꾸 생각나 괴로워진다. 사람은 양심을 무시할수록 점차 괴물로 변해간다.

셋째, 기분을 관리한다.

기분 관리가 충동을 낮추고, 하루의 기복을 안정시킨다. 사람은 기분에 따라 쉽게 행동하는 성향이 있다. 기분이 좋을 땐 이것저것 전부 해 줄 것처럼 말하고, 기분이 나쁠 땐 하던 것도 당장 때려치울 것처럼 군다. 이런 충동적인 행동은 삶의 기복을 더욱 크게 하고, 폭이 커진 만큼 떨어질 때 낙차의 고통 역시 커진다. 결국 커다란 고통을 감당하는 건 오롯이 자기 몫이 된다.

지킬 건 스스로 지키고, 나아가 주위 사람에게 존중을 지키는 것이 인생의 행복을 지키는 가장 안전한 방법이다.

한계를 아는 건
좌절이 아니라 기쁨이다

한계를 알았다는 건 좌절할 일이 아니라, 기뻐할 일이다. 한계까지 최선을 다했다는 증거니까. 다른 말로 노력의 정점에 닿았다는 의미다. 아무나 닿을 수 없는 경지다. 자부심을 갖고 자랑스러워해도 된다. 한계에 부딪혔기에 결과가 아쉬울 순 있다. 그러나 부끄러운 일은 결코 아니다.

한계까지 최선을 다했는데 결과가 따라오지 않는 것은 우리 소관 밖의 일이니까. 따라서 한 점의 후회도 없다. 스스로 어땠는지가 무엇과도 견줄 수 없이 중하다. 우리는 그릇이고, 우리가 만든 결과물은 그릇에 담길 내용물이다. 그릇에 꼭 내용물이 담겨 있어야만 아름답던가. 비어 있는 그릇도 그릇 자체만으로 아름다울 수 있다.

한계까지 도전하고 노력한 사람이 그러하다. 피와 땀과 눈물로 그릇을 빚은 사람. 내용물과 상관없이 자신만의 값진 그릇을 만든 사람. 내용물의 가치보다 그릇의 가치가 비할 수 없이 큰 사람. 최선을 다하는 사람이 멋있는 이유다. 비록 모양은 투박하고 내용물은 비었을지라도, 그 그릇의 가치는 자손 대대로 물려주어야 할 보배와 같다.

생각이 많으면
지금을 놓친다

📖

생각이 많으면 지금을 놓친다. 생각 없이 살면 안 될 것 같지만, 도리어 너무 많은 생각이 현재를 누리지 못하게 훼방한다. 현재의 시간, 현재의 인연, 현재의 행복. 틀림없이 지금만 누릴 수 있는 것들이 존재한다.

한데 생각이 많으면 걱정이 많아지고, 걱정이 많아지면 그것에만 몰입하게 된다. 앞날을 먼저 걱정하기 때문에 상대적으로 지금이 중요하지 않다. 지금을 온전히 느끼지 못하고 마음만 앞서게 되는 것이다.

같은 여행지를 가도 10대에 가는 것과 30대에 가는 것은 느낌이 다르다. 책, 영화, 공연 등 작품도 그렇다. 옛날에 이미 보았던 작품을 30대 40대 50대 60대에 다시 보면 그때는 보이지 않았던 것들이 새로이 보인다. 와닿는 메시지가 다르며, 잠기는 사색의 깊이 역시 다르다. 그 시기에만 느낄 수 있는 감정과 관점이 존재한다는 의미다.

사람도 마찬가지다. 인연이 닿아 지금 곁에 있는 사람이 영원히 머물 것 같지만, 그렇지 않다. 대부분은 한철에만 만나는 시절 인연이기에 스쳐 간다. 드물게 머무는 인연일지라도 환경에 의해서, 상황에 따라서, 그때 당시가 더 깊은 사이일 수 있다. 시간이 흐르면 각자 어른의 사정이 생겨 멀어지기 마련이니까.

생각을 줄이고 현재를 귀히 여겨야 한다. 지금은 두 번 다시 돌아오지 않는다.

진심을 다하면
미련이 없다

진심을 다한 사람은 미련이 없다. 안타까운 마음은 들지만, 딱히 아쉬움은 없다. 결국엔 진심을 다하지 않거나, 받기만 한 사람이 아쉬운 법이다.

상대방이 진심을 쏟은 만큼 그 빈자리는 갈수록 크게 느껴질 테니까. 그러니 미련을 버리지 못하는 건 그동안 받은 사람의 몫이다. 진심을 다한 사람은 미련 없이 떠나면 그만이다.

그동안 받았던 사람이 유리했다면 이별 후엔 줬던 사람이 유리해지는 것이다. 그것이 정이든 사랑이든 물질이든 말이다.

받기만 할 때는 모른다. 누군가 먼저 다가오고, 진심으로 자신을 위하고, 아무런 대가 없이 많은 것을 내어주는 일은 기적과 같다는 것을. 인생에서 놓치면 안 되는 몇 없는 소중함이란 것을.

시간이 갈수록 빈자리가 보인다. 서서히 깨닫는다. 뒤늦게 장황한 변명을 늘어놓는다. 자꾸 술에 취해 연락한다. 보고 싶다고 하소연한다.

이미 때는 늦었다. 가슴패기를 치며 후회를 해도 미련 없이 떠난 상대를 되돌릴 방법은 없다. 이런 아픔이 닥치기 전에 상대의 진심을 헤아릴 줄 알아야 한다.

소중함을 알아보는 것도, 소중히 지키는 것도 순전히 자기 몫이므로.

인생이 잘 풀리는 본질 ——————

첫째, 묵묵히 자기 일을 하는 것
책임감을 느끼고 자신의 자리에서 도맡은 일에
최선을 다한 사람은 시간이 걸려도 결국 빛을 본다.

둘째, 행복을 찾아 노력하는 것
행복을 미루거나 포기하지 않고, 사소한 행복을
조금씩이라도 찾으려 노력하는 사람이 훗날 더 큰
행복을 누리게 된다.

셋째, 피해 의식에 발목 잡히지 않는 것
과거의 안 좋은 기억에 사로잡혀 다가오는 미래
의 좋은 사람과 기회를 날려버리는 짓은 미련하고
어리석은 일이다.

넷째, 남한테 피해를 주지 않는 것

타인에게 피해를 주지 않으려고 노력하는 사람은 적을 만들지 않는 것은 물론이고, 갈수록 같은 편이 많아진다.

책임감이 강한 사람은 주변의 신뢰를 얻는다. 믿을 사람 하나 없는 세상에서 신뢰는 뛰어난 차별점이자, 장점이다. 이는 그렇지 못한 사람에 비해 훨씬 더 풍부한 기회와 인맥을 얻는 밑거름이 된다.

결국 얄팍한 꾀가 아니라, 우직한 본질이 중요하다. 본질을 갖춘 사람이 인생도 잘 풀린다.

지금 행복하다는 증거들

📖

1. 놀고 싶다.
2. 먹고 싶은 음식이 있다.
3. 보고 싶은 드라마, 영화, 만화가 있다.
4. 평범한 일상이 소중하다.
5. 가끔 가슴이 설렌다.
6. 음악을 자주 듣는다.
7. 그리운 때, 장소, 사람이 있다.

욕구가 있다는 사실. 그 자체가 살아있다는 증거다. 동시에 행복의 증거다. 자신이 원하는 것을 찾아야 한다. 사람에게는 원하는 것이 곧 삶의 원동력이 된다.

욕망에 솔직해야 한다. 자기 욕망에 솔직한 사람을 다른 말로 재능이 있다고 한다. 하고 싶은 것에 솔직할수록 그것을 실현하기 위해 누구보다 빠르게 움직이기 때문이다.

돈을 천하게 여기는 사람은 갈수록 가난해지고, 돈에 솔직한 사람은 부자가 되듯이 말이다. 법과 도덕을 지키는 선에서 욕망은 강력한 추진 연료다.

행복해지고 싶다는 욕망에 진심인 사람이 행복하기 위해서 많은 것을 찾고, 공부하고, 실행한 끝에 행복해진다.

기복 없이 안정적인 행복을 추구하는 것이 좋다. 기복이 없는 행복은 평범한 일상에 숨어 있다. 우리는 그저 보물찾기처럼 그 보물을 찾으면 된다.

운명의 길잡이 ———

📖

    달이 운명이라면, 달이 비친 호수의 수면이 삶이라 할 수 있다. 호수에 비친 달을 보고 우리는 운명을 바꾸기 위해 수면 위를 첨벙이며 발버둥친다.

    이것이 삶이다. 첨벙여서 수면이 출렁이면 달의 모양이 변한 듯 보이지만, 이윽고 본래 모습으로 돌아간다. 수면 위의 달은 비친 모습일 뿐이므로.

    실제 달은 인간이 한눈에 담을 수 없을 정도로 거대한 존재다. 게다가 사람의 손이 닿지 않는 머나먼 하늘 위에 있다.

이것이 운명이다. 이렇듯 생명은 모두 한정된 수명에 의해 운명이 정해져 있다. 누구도 죽음을 피할 수는 없으므로.

그럼 우리는 아무것도 할 수 없는 걸까. 아니다. 운명을 피할 순 없어도 결과를 맞이하기까지의 과정은 오롯이 나의 몫이다.

어떤 삶을 살지. 누구와 지낼지. 무슨 일을 할지. 무엇을 먹을지. 얼마큼 벌고 쓸지. 모두 자주적인 선택이기에 내 손에 달려있다. 그저 잘 사는 것보다 왜 사는지, 어떻게 사는지가 중요한 이유다.

"어떻게 살 것인가." 이 간단하고 고귀한 물음이 언제나 운명의 길잡이가 된다.

신과 대화

할머니를 먼 곳에 떠나보내고
신에게 물었다

얼마나 함께하나요.
엄마는 25년.

얼마나 남았나요.
너는 50년.

25년 터울로 작별하는군요
하나만 빌어도 될까요

"잘 살았다." 그 한마디만
남기게 해 주세요

강변 마을 할머니 ———

📖

　강변 마을의 할머니가 너른 마당에 앉아 볕을 쬐고 있었다. 그 곁에는 지팡이 10개가 놓여 있었다. 마당 한 켠을 차지하는 십여 자루의 지팡이 뭉치는 의아함을 자아내기에 충분했다.

　할머니 혼자 쓰기에는 그 수가 많았고, 하나하나 모양새가 몹시 투박했기 때문이다. 심지어 할머니는 지팡이를 식사할 때도 곁에 두고, 잠을 잘 때도 안방에 들였다.

　누가 할머니에게 물었다.

　"그 지팡이는 무어길래 그토록 아끼시나요?"

그녀는 자글자글 주름진 얼굴로 수줍은 소녀처럼 웃으며 입술을 뗐다.

"우리 그이가 아주 아팠잖아. 떠나기 전에 나 쓰라고 만들어 준 거야."

남편인 할아버지는 돌아가시기 수년 전부터 병석에 누웠다. 아픈 몸으로 할 수 있는 것이라곤 나무를 구해와 허리가 불편한 할머니를 위해 지팡이를 만드는 일뿐이었다.

그렇게 몇 날 며칠, 몇 개월을 손수 단단한 나무를 고르고 깎아 지팡이를 잔뜩 만들고 먼 길을 떠난 것이다.

지팡이 하나에 10년은 거뜬히 쓰는데 그것을 십여 자루나 만들었다. 쫓아오지 말고 오래오래 살라는 당신의 마음이 일순 엿보인다.

넓고 아늑한 한옥도, 비옥하게 농사짓는 땅도 있는데 그런 건 할머니에게 보물이 아니었다. 할머니는 자기 보물인 지팡이 뭉치를 그윽한 눈빛으로 바라보며 할아버지가 지팡이를 건넬 때 마지막으로 한 말을 떠올렸다.

"내가 떠나도 이 지팡이가 당신을 지켜 줄 거야."

할머니는 한참을 있다가 이내 잦아든 목소리로 화답했다.

"당신 생각이 많이 납니다. 거기에서 잘 살고 있어요? 꿈에라도 나와주세요. 궁금… 궁금습니다."

당신은 지금이
인생 2회차

　누구나 한 번쯤 타임머신을 타고 과거로 돌아가
현재의 인생을 바꾸고 싶다는 상상을 해봤을 것이
다. 특히 후회하는 순간이나, 잘못된 선택으로 나
쁜 결과를 맞이했을 때 더더욱 그런 생각을 한다.
그런데 지금이 이미 미래에서 돌아온 상태라면 어
떨까. 미래에서 현재로 돌아왔음에도 그 사실을 기
억하지 못할 뿐이라면 어떨까.

　과거로 돌아가게 되면 돌아간 순간 다시 과거의
나 자신이 되기 때문에, 미래에서 겪었던 기억은
사라진 것일 수도 있다. 기억이 없을 뿐이라면 실
제로 미래에서 기적이 일어나 현재로 돌아왔고, 두
번째 겪는 인생일지도 모를 일이다. 가끔 꾸는 데
자뷰는 잊혀진 미래 기억의 편린이고 말이다.

미래에 땅을 치며 후회하는 일이 있었고, 마지막 기회가 기적적으로 한 번 더 주어진 것이라면. 그것이 지금 현재의 삶이라면. 정말 이대로 살 것인가. 자꾸 과거로 돌아가 현재를 바꿀 생각을 하지 말고, 현재에 최선을 다해서 미래를 바꿀 생각을 해야 한다. 온 마음을 다해 오늘 하루를 살아야겠다. 이렇게 사는 하루가 일곱 번이면 한 주가 되고, 한 주가 거듭되어 한 달이 되고, 한 달이 열두 번 모여서 일 년이 되고, 그 일 년이 쌓여서 일생이 되기에.

별 자각 없이 살지만,
모든 시간은 이어져 있다.

— 독자님과 4회째 이어진 작가
김다슬 올림

나는 무조건 너의 편이다

초판 1쇄 발행 2024년 06월 19일

지은이 김다슬
펴낸이 김상현

총괄 유재선　　**기획편집** 전수현 김승민　　**디자인** 이현진
마케팅 김지우 송유경 김은주 김예은 남소현 성정은
경영지원 이관행 김범회

펴낸곳 (주)필름 / 클라우디아
등록번호 제2019-000002호　　**등록일자** 2019년 01월 08일
주소 서울시 영등포구 영등포로 150, 생각공장 당산 A1409
전화 070-4141-8210　　**팩스** 070-7614-8226
이메일 book@feelmgroup.com

필름출판사 '우리의 이야기는 영화다'

우리는 작가의 문체와 색을 온전하게 담아낼 수 있는 방법을 고민하며 책을 펴내고 있습니다.
스쳐가는 일상을 기록하는 당신의 시선 그리고 시선 속 삶의 풍경을 책에 상영하고 싶습니다.

홈페이지 feelmgroup.com　　**인스타그램** instagram.com/feelmbook

클라우디아 출판사는 (주)필름의 출판브랜드입니다.

© 김다슬, 2024

ISBN 979-11-93262-20-7(13810)